エリス、精霊に祝福された
錬金術師 2
チート級アイテムでお店経営も冒険も順調です！
虎戸リア
ill. れんた

レオン
ジオ
エリス

イエラ
メラルダ
ラギオ

召喚したフランマとルクス、
カペルにお願いして
融合してもらう。
作業場に、精霊光が満ちる――

Contents

エリス、精霊に祝福された錬金術師 2

チート級アイテムでお店経営も冒険も順調です！

虎戸リア　ill. れんた

プロローグ　見慣れぬ来訪者

それは普段と変わらない朝だった。

私はいつもの朝の日課をこなすと、師匠であるジオさんが来るのを待ちながら、工房の外を掃除していた。

天気は晴れ。気持ちのいい風が路地を吹き抜ける。

「帝都の夏は短いって言うけど、こんなに気持ちいいならずっと続けばいいのに」

私の生まれ故郷であるトート村と違って、この帝都で夏と呼ばれる季節は、〝五つの月〟から〝七つの月〟までの三カ月しかないそうだ。

年中雨か曇りが多い帝都も、この季節ばかりは晴れの日が多い。

何とも心地の良い陽気で、なんだかこっちまで明るくなってくる。

「ふんふんふ～ん」

思わず鼻歌が出てしまうほどだ。

なんせ、春から開店したこの【エリス工房】は今のところ好調だからだ。

精霊召喚師である私が召喚した精霊と錬金術を組み合わせた【精霊錬金】。これを使って作ったハイポーションは今や予約だけで一日分が完売してしまう。万能薬に至っては外部の錬金工房――

師匠の親友であるレオンさんに生産を委託するほど売れている。

「今日も頑張らないと！　師匠まだかなあ」

私がチラチラと路地の先を見ては師匠が来ないかを確認していると、今日はやけに路地に人が多いことに気付く。

「あれは、兵士さん？」

この辺りの住人ならもうすっかり顔馴染《なじ》みなので、一目見ればそれが誰《だれ》か分かる。

だけど今日路地にいるのは視線がやたらと鋭い、武装した人たちだ。真っ白の軍服に、胸には竜を模した赤い紋章が縫い付けられていた。

「なんか事件でもあったのかな」

この帝都は基本的に治安が良く、夜はともかくとして、昼間なら一人で歩いていても怖さを感じないぐらいだ。

師匠曰《いわ》く、兵士たちがしっかり警備をしているからだそうだ。だから事件なんて滅多に起きないし、起きても駆け付けてくるのはこの辺りの地区を担当している、これまた顔馴染みの兵士さんたちだ。

でも今日路地をうろついている兵士さんたちには見覚えがなく、だからこそ、何か大きな事件が起きたのではないかと思ったのだけど――

「でも、なんかそんな雰囲気でもないし」

「きゅいー」

私の肩に座っていたクイナが気にするなとばかりに、一鳴きする。

「気のせいかな」

そう思っていると、ようやく見慣れた姿が路地の先からこちらへとやってきた。革のロングコートに長い赤髪。それは、無精髭《ぶしょうひげ》を剃《そ》ったおかげで若く見えるようになった、私の錬金術の師匠であるジオさんだ。

私は笑顔で師匠へと手を振った。

「師匠、おはようございます！」

すると師匠も微笑《ほほえ》みを浮かべ、手を挙げる。

「おう。おはようエリス」

「いい天気ですね！」

「今だけだから、存分に楽しめよ。〝八つの月〟になったらすぐに冷えてくるぞ」

「嫌だなあ、気が早いですよ。まだあと二カ月ぐらいありますって」

「帝国において夏は短いものと相場は決まっているからな。〝短きこと、夏の如《ごと》し〟、ってやつだ」

「誰の言葉です？」

「俺《おれ》の言葉」

そんな会話をしながら、私と師匠は工房の中へと入る。扉を抜けてすぐにあるのは、店舗スペースとカウンターだ。カウンターの向こう側には、ガラス製の小瓶《こびん》に入ったポーションが並んでいて、陽光を反射してキラキラと輝いている。

私と師匠はいつものように、開店準備を進めながら、会話を続ける。

「そういえば師匠。この辺りに見慣れない兵士さんたちがいませんでしたか？」

私がそう聞くと、師匠が帳簿と在庫表へと視線を落としながら答えた。

「ああ。この周囲一帯を囲んでいるようにいたな。俺なんか横を通っただけで睨《にら》まれたぞ」

「あはは、師匠が胡散臭《うさんくさ》い雰囲気出しているからですよ」

「そ、そんなことはないだろ？　今は何もしていないぞ？」

「今は？」

私が意地悪そうにそう聞き返すと、師匠が肩をすくめた。

「昔の話だし、兵士に捕まるほどのことじゃない。しかし、あの兵士はただの兵士じゃなさそうなんだよなあ」

「そうなんですか？」

「白い軍服に、赤い紋章。あの紋章って、この帝国においては限られた者しか付けることが許されないんだよ」

「ほえー。確かに、初めて見たかも」

「あれは皇帝直属の証しだからな。それを付けている兵士ってことは、帝国親衛隊かあるいは……いやまさかかな」

師匠が、自分の考えを否定するように首を横に振った。

「なんか、強そうですね、帝国親衛隊って」

「そりゃあ強いさ。なんせあの皇宮を警護しているぐらいだ、練度も半端《はんぱ》じゃない。だけども、それよりもさらに上の部隊があってな」

皇宮と言えばこの帝都のどこからでも見える、あの白い塔のことだ。そこに国を治める皇帝陛下が住んでいらっしゃるそうだけど、正直あんまりピンと来ない。どうせ、会うこともないしね。

「へえ。もっと強い部隊もいるんですね」

なので、私はあんまり興味なさげにそう返した。

「主に皇帝陛下の身辺警護をしている部隊だよ。だから皇宮外で見ることは滅多にない」

「じゃあ、外の人たちは違いそうですね」

「まあ親衛隊だとしても、こんなところに出張ってきているなんてのはおかしな話だしな。さて、俺は奥で作業するから、店を開けてくれ」

「はーい」

師匠が奥の作業場へと消えたのを見て、私は開店するべく扉へと向かう。

「……あれ？」

扉の向こうに、誰か立っている。もしかしたら、開店を待っていた気の早いお客さんだろうか？

私は慌てて扉を開けて、その人へと声を掛けた。

「すみません、お待たせしました！」

その人はスラリと背の高い、陽光で艶《つや》やかに光る黒髪を持つ青年だった。最近帝都で普及しはじめた眼鏡《めがね》を掛けているけども、とんでもなく綺麗《きれい》な顔立ちをしている。黒いズボンに白シャツという、いたってシンプルな服装なのに妙に輝いて見える。レオンさんとも師匠とも違う、どこか高貴な雰囲気を纏《まと》うその人に、私は思わず一歩下がってしまった。

「いやいや、全然待っていないとも。なるほどぉ……君が噂《うわさ》のエリスちゃんだね」

そう言って青年が私へと微笑みかけた。それは女子なら誰もが魅了されるほどに素敵な笑顔だったけども、だからこそ私は思わず警戒してしまう。初対面で、しかも名前を知られているから余計にだ。

「えっと……どなたでしょうか？」

私がそう尋ねると、その青年が想定外とばかりに、その大きな目をぱちくりと眼鏡の向こうで何度もしばたかせた。

「え？」

「え？」

同じタイミングで首を傾《かし》げてしまった私たちは、傍《はた》から見たらおかしな二人組だろう。

「ああ。もしかして、僕を知らない？　レザードだけども」

青年が困ったような表情でそう聞いてくる。レザードという名前はどこかで聞いた気がするし、その顔も見たことがあるような気がしないでもないけど、少なくとも知り合いにはいないはずだ。

「初対面ですよね？」

「そうだけども……あははは！　やっぱり君は面白《おもしろ》いな！」

青年――レザードさんが急に笑い出すので、私は変な人だなと思った。

「立ち話もなんだから、中で少しお話でもどうだい？」

まるで自分の家に誘うかのような文言とともに、レザードさんが工房の中へと入っていく。

「やっぱり変な人だ」

そう思いつつも、どこか憎めない感じなのが不思議だった。私はレザードさんのあとに続いて中に入ると、カウンターの内側へと回る。

「こじんまりしているけど、いい雰囲気だね。清掃が行き届いている」

レザードさんがキョロキョロと工房内を見回すと、そう褒めてくれた。

「ありがとうございます」

「ハイポーションと万能薬を見たいんだけど、ある？」

そんな言葉とともに、レザードさんが私の後ろにある棚を指した。

「ありますけど、ハイポーションは予約制で本日分はもう完売でして」

「見るだけだよ」

それなら、と、私は棚から赤い液体の入った小瓶をレザードの前へと置いた。

「……美しい。初めてポーションを見た時も感じたがそれ以上だな」

それはなんだかとても不思議な褒め言葉だった。ポーションを美しいと表現した人は初めてかもしれない。

「これは大量生産できないのか？　できないのであれば材料の問題なのか、それとも人手なのか」

レザードさんの纏う雰囲気が少し変わった気がした。まるで、偉い人と喋《しゃべ》っている気分になる。

「今のところ私にしか作れないので」

「やはり固有錬金術によるものか。確か君のは【精霊錬金】だったな。名前通り、精霊が関係しているのか？　それは他の精霊召喚師には難しいのか？　もし可能ならそれを教えることは？」

「ええっと」

私がどう答えようか迷っていると、レザードさんがハッと我に返り、ばつの悪そうな表情で小さく首を横に振った。

「すまない、少し興奮しすぎた」

「あ、いや、大丈夫ですよ！　ただ他の精霊召喚師がどんな感じかあまり知らないので、同じことができるかどうかは分かりません」

「そうか……ふうむ。なんとか個人の技術に頼らず量産できれば、獣人《セリアンスロープ》国との交渉も進むんだがなあ」

「へ？　交渉？」

「あ、いや、なんでもない」

うーん。やっぱりレザードさんはなんか怪しい。何かを買おうという感じでもないし。

「はっ？　まさか……」

「ふっ、ようやく気付いたか」

「まさか、同業者ですか？　これはいわゆる敵情視察ってやつですね！」

私がそう指摘すると、なぜかレザードさんがずっこけた。

「君は本当に面白いね……」

レザードさんの呆《あき》れたような口調に、私は不満げに頬《ほお》を膨らませる。

「違うんですか？」

「違うよ。僕は――」

レザードさんがそう口を開こうとした時、背後に気配。

「……は？」

そんな声とともに、ガラスの割れる音が盛大に鳴り響いた。

振り返ると、そこにいたのは師匠で、顔に張り付いているのは驚愕《きょうがく》。足元には手から滑り落ちたであろう、ポーション用のガラス製の小瓶が割れていた。

「師匠？　大丈夫ですか？」

私が慌てて割れた小瓶を拾おうとすると、それを師匠が手で制した。

「エリス、まさかさっきからずっと会話していた相手は……その御方なのか」

顔が真《ま》っ青《さお》に変わった師匠に、私が頷《うなず》く。

「へ？　何を言っているんですか、師匠。レザードさんしかいないのですから、そうに決まっているでしょう？」

そう答えながら、私は師匠が先ほど使った、〝御方〟という言葉に違和感を覚える。

師匠がそんな敬うような言葉を使う相手なんていたっけな。

「その様子だとバレちゃったようだね。というかバレる前提だったのに、エリスちゃん、全然気付かないんだもん」

そんな言葉をレザードさんが愉快そうに発した。え、待って？　どういうこと？

「エ、エリス！　その御方はな！」

師匠の焦《あせ》った表情に、私まで不安になってくる。

私はレザードさんへと振り返り、改めてその顔を見た。彼はなぜか右手で金貨を遊ばせていて、その金貨に描かれている、とある人物の顔像が私の目に映る。

それは、眼鏡を抜きにすればレザードさんとそっくりだった。

「嘘《うそ》……」

私はようやく、今のとんでもない状況を把握できたのだった。

なぜ、工房の周囲に見慣れない兵士さんたちがいたのか。

なぜ、レザードさんの名前と顔に覚えがありながら、知り合いではないと私が判断したのか。

なぜ、金貨にレザードさんの顔像が描かれているのか。

その真実を——師匠が口にした。

「その御方はな！　この帝国を統べる皇帝陛下、その人だぞ！」

「改めて自己紹介させてもらおうか。僕の名はレザード・エル・ガルニア。一応、この帝国の皇帝をやらせてもらっている立場だよ。気軽にレザちゃんって呼んでね」

なんて――茶目っ気たっぷりの笑顔でお辞儀をするレザードさん……いや皇帝陛下に、私はこれまでの人生の中で多分一位二位を争うほどの機敏さで、頭を下げた。

「す、すみませんでした！　まさか皇帝陛下だとは！」

「弟子が大変失礼をいたしました！　彼女は田舎の出で、まだあまり物を知らなくてですね！」

師匠も私の横で必死に頭を下げている。

マズい、どうしよう？　私、陛下にとんでもなく失礼なことを言いまくった気がする！

「あはは、二人とも頭上げてよ。今は皇帝レザードじゃなくて、気さくでカッコいい、謎《なぞ》の紳士って設定だから。ちなみに誰《だれ》にも言わずに来たので、今頃《いまごろ》皇宮は大騒ぎだろうね」

しれっと、とんでもないことを言い出す陛下に、私たちはどんな顔をしたらいいか分からず、曖昧な笑みを浮かべた。

「となると、この工房の周囲を囲んでいたのは」

師匠の推測を、陛下が先回りして答える。

「帝国が誇る、最強の兵士――〝インペリアルガーダー〟だよ。さすがに彼らを出し抜いて皇宮を出ることはできないからねえ。我《わ》が儘《まま》言ってついてきてもらっちゃった。この工房の周辺一帯は猫一匹入る隙がないほど、警備されているよ」

「道理で視線が鋭かったわけだ」

師匠が苦笑する。

「というわけで、まあ気にせず普通に接してくれていいよ。無礼講ってやつだ」

そう言って陛下が微笑《ほほえ》むも、いくら私でも、それを言葉通り受けとってはいけないことぐらいは分かる。

「いいえ、陛下。さすがに帝国の一市民である我々が陛下と対等に喋《しゃべ》るわけには」

「もうすでに対等に喋っている気がするけどね。本来一般市民が皇帝と会話する時は、必ず誰かを間に通して会話するものだし」

意地悪そうな顔でレザードさんがそう指摘する。その返しに、師匠は思わず言葉を呑《の》んでしまう。

「それは……」

「冗談だよ。インペリアルジョークさ！　ま、とにかくさ、ちょっと個人的に興味をもったことがあるから、そう構えないでくれると嬉《うれ》しいなあ」

「陛下がそう仰《おっしゃ》るなら、努力します」

師匠が苦い表情を浮かべたまま、頬《ほお》をポリポリと掻《か》いた。

「ありがとう、ジオ。エリスちゃんもさっきみたい感じで構わないよ」

レザードさんが嬉しそうに微笑むのを見て、さっきの無礼講って言葉は、わりと本気で言っていたのかもしれないな、と感じてしまう。

「それで、一体全体、陛下はどんな用があってここまで」

師匠がそう聞くと、陛下が楽しそうに答える。

「君たちの活躍は僕の耳にまで届いていてね。会ってみたいなあと。凄《すご》いじゃないか、ハイポーションに万能薬まで作ってしまうなんて。さらに事件解決に大きく貢献したそうじゃないか」

「お褒めいただき身に余る光栄でありますが、全《すべ》て弟子のエリスの功績です」

「師匠に教えてもらったおかげです！」

私が間髪入れずにそう口を挟むと、師匠に睨《にら》まれた。余計なことを言うなと言わんばかりだ。

「あはは、君たちは仲がいいんだねえ。いいことだ。ところで、万能薬に聖水を使っているってほんと？」

その質問とともに、陛下がスッと目を細めた。

「え？　あ、は――むぐぐ！」

私がそれを肯定しようとした瞬間、師匠が私の口を手でふさいだ。

「むー！」

「あはは……まあ使うような、使わないような……ええ」

師匠が冷や汗を流しながら、言葉を濁す。

「ふーん。そうなんだねえ。なんでも、獣人《セリアンスロープ》のシスターから聖水を授けてもらっているとか聞いたけど？」

「いやあ、何かの間違いじゃないですかね？　そもそも帝都に獣人なんて、いないことになっているのでしょう？」

師匠がそう誤魔化《ごまか》した。

そうか。

そういえば、イエラさんたちと仲よくしているから最近すっかり忘れてしまっていたけど——本来、帝国と、獣人たちの国、獣人連合国は敵対関係であり、帝国内に獣人はいないことになっている。

もし彼女たちが兵士に見付かれば、即逮捕されるぐらいには歴史的に関係が悪いそうだ。

だから皇帝陛下の前でイエラさんたちと取引しているなんて話をすれば、下手すれば私たちまで逮捕されてしまうかもしれない。

というかイエラさんたちとの関係が完全にバレているし！

「あはは、こりゃあ一本取られたね。確かにそれを認めてしまうと、取り締まりきれていない帝国の、ひいては皇帝である僕の怠慢ということになる」

「あ、いえ、そこまで言うつもりは」

師匠が慌てた様子で取り繕おうとするが、陛下は肩をすくめるだけで、気にしている様子はない。

「まあ、その話はいいや。本題はそこじゃないからね」

そう言って、陛下がカウンターの上に金貨を縦に置いて、指でそれをクルクルと回転させはじめた。

「君たちは、〝刃の狩人〟を知っているかい？」

陛下が、突然そんな話をし始めた。

「……いえ、初耳ですが」

師匠がそう答える。私もその刃のなんとかは初めて聞く名前だった。

「そうか、まだ地上までは伝わっていないんだな。最近、迷宮《メイズ》の表層で冒険者襲撃事件が頻発していてね。それを行っているのが、〝刃の狩人〟とかいう連中さ。彼らは冒険中の冒険者たちを襲い、武器を奪うそうだ」

「武器を？」

師匠が複雑な表情を浮かべる。

「そう。ほとんどが待ち伏せや奇襲によるもので、武器だけ奪うと去っていくそうだ。麻痺毒や、昏睡《こんすい》薬、痺電魔術などを使うとも聞く」

そんな物騒な人たちが表層にいるとは、にわかに信じがたいことだった。だって表層は魔物がいて、人同士でいがみ合えるほど、余裕のあるところじゃないから。

「なるほど……武器を奪うから〝刃の狩人〟と呼ばれているのですね」

師匠の言葉に、陛下が頷《うなず》く。

「うん。でもそれだけが理由じゃない。狩人って呼称が他に何を意味するか、君は知っているかい、ジオ」

陛下の試すような問いに、師匠が一瞬言葉に詰まってしまう。

「狩人は……獣人たちの中でも上級戦士を指す、と聞いたことはあります」

獣人の戦士……それはつまり、表層で隠れて冒険者をしている彼らのことだろうか？

だとすればありえない話だ。彼らは決してそんな卑怯《ひきょう》なことをする人たちではないことを、私が一番よく知っている。

だって、彼らは一カ月前の〝蛇風事件《ククルカン》〟の時、ガーランド旅団の皆さんと一緒に私たちを助けに駆け付けてきてくれたのだから。

「その通り。さすがだねえ。つまりね、表層で事件を起こしているのは獣人たちじゃないかってのが、専らの噂《うわさ》でね。まだ調査は始まったばかりだけども、僕も獣人の仕業じゃないかと思っている」

――なんて陛下が言うから、私は我慢できず、口を開いてしまう。

「彼らは絶対にそんなことはしません！」

私の顔を見て陛下がニヤリと笑った気がしたが、もう遅い。

「エリス！」

師匠が鋭い声を出すも、ここばかりは私も譲れない。救ってもらった恩人を、そんな悪い奴《やつ》ら扱いされるのはいくら相手が陛下でも許容できない。

「証拠はあるのですか？」

「ない。でも、その言い方だとエリスちゃん、やっぱり獣人たちと交流があるみたいだね」

「……っ！」

まさか私、誘導された？

思わず師匠の方を見ると、手を顔に当てていて、〝やっちまったな〟、みたいな顔をしている。

「くくく……ダメだよ、エリスちゃん。相手の言うことを真に受けちゃあ。ちなみに本音を言うと僕は獣人の仕業かどうかは半々だと思っている。もし彼らの仕業なら……正直かなり困る」

「困る？　それはなぜですか、陛下」

私が聞くと、陛下が回転させていた金貨を指で止めた。

「ここだけの話だけどね。僕は近々、獣人連合国と和平交渉を行うつもりなんだ」

「はあ」

と、私が気の抜けた返事をするので、師匠が目を見開いて、私の頭を軽くはたいた。

「はあ、じゃない！　これは大変なことなんだぞ？　それに陛下、そんな重大なことをサラッと言わないでください！」

「いやあ、そう言えばこれまだ非公式だから、誰にも言わないでね？」

あはは、と笑う陛下だが、冷静に考えると全然笑い事じゃない。

「獣人連合国と和平ということは……帝都における獣人の存在を公に認めるということですよね？」

師匠がそう聞くと、陛下が肯定する。

「そうとも。ただ、そうなると……今表層で起こっている冒険者襲撃事件が獣人たちの仕業だと判明したら、困るんだよ」

「理解しました。仮に〝刃の狩人〟が獣人たちであり、それが発覚すれば、彼らに対する国民感情が悪くなる。和平交渉を進める上で世論を得られなくなるのは、陛下としては痛い、ということですね」

「いいねえ。どう？　皇宮で文官として働かない？　給料安くて激務だし、上司はしょっちゅう勝手に皇宮から抜け出すけど」

「絶対に嫌です」

気付いているのか分からないけど、師匠の陛下に対する対応がだんだん雑になってきている気がする。

「あはは！　まあとにかくさ。皇帝として、迷宮における今回の事件は放っておけないし、できれば獣人の仕業でないってことを証明したいんだけども、表立って動けないってのも、また事実だ」

「つまり……獣人族と交流のある俺たちに事件を独自に調査させ、獣人の潔白を証明したい……そういうことですね」

師匠がため息をつきながら、そう陛下へと確認する。え？　そういう話だったの？

「正解！　いやあ話が早くて助かるよ！　先の事件の解決に大きく貢献した君たちにしか頼めない依頼だよ。報酬はそうだなあ……帝国法を破って獣人と取引していることを見なかったことにする、ってので、どうだい？」

陛下が悪い笑みを浮かべたまま、金貨を指で弾《はじ》き、師匠へと飛ばした。

「――拒否権はなさそうですね。実質無報酬だ」

金貨を手で受け止め、師匠がそれをポケットへと忍ばせた。それは、取引成立を意味するのだろう。

「助かるよ。じゃあ、僕はそろそろ皇宮に戻ろうかな。きっとうちのメイドも激怒している頃だろうし。うちのメイドは凄いんだよ？　怒ったら平気で、手どころか足まで出るんだから。元冒険者ってこともあって、結構痛いんだよね、あの子の蹴《け》り」

「それはまあなんとも豪気なメイドですね……」

どう答えたらいいか分からず、師匠が苦笑する。

「じゃあ、エリスにジオ、頼んだよ。獣人たちに平和な未来が訪れるか否かは、君たちにかかっているのだから！　じゃあね！」

そんな言葉とともに——陛下は颯爽《さっそう》と工房から去っていったのだった。

「つ、疲れた……」

陛下が完全に見えなくなるのを待って、師匠がカウンターへとへたり込む。

「なんというか……凄い人ですね、陛下は」

「凄いでは済まないぞ、あれは。何もかもが陛下の手のひらの上だったよ。はあ……しかしとんでもない依頼を受けてしまった……頭が痛い」

「でも、イエラさんたちの無実を証明しないと！　できるのは私たちだけですよ？」

「だからこそだよ。ただの錬金術師になんてものを背負わせるんだ、あの皇帝は」

師匠がうなだれるので、私は励ますようにその肩を叩《たた》いた。

「頑張りましょ！　まずはイエラさんたちに話を聞きにいかないと」

「エリスは前向きだな。というかそもそもだなあ！」

師匠がガバリと起きて、恨みがましい目で私を見つめた。

「あはは……ちょっと失言しちゃいましたね」

「ちょっとじゃないぞ！　下手したら俺たち逮捕されていたぞ？」

「まあ、そうならなかったから、ね？」

私が笑顔でそう返す。というか、陛下のあの感じだと、私がイエラさんたちと交流があることを隠していても、きっと違う方法で同じ結論にしていたと思う。

「はあ……まあいずれにせよ、陛下に目をつけられてしまった時点でどうしようもないか」

「その通りです！」

「まったく。せっかく工房が順調だってのにまた厄介な問題が」

「なんとかなりますよ！　それに〝刃の狩人〟をなんとかしないと、またポーションの材料が枯渇しますよ」

「それもそうだな。よし、今日は早めに工房を閉めて、イエラに会いに行こう」

「はい！」

こうして私たちは、皇帝陛下直々の依頼である、〝刃の狩人〟による冒険者襲撃事件の調査を開始したのだった。

＊＊＊

帝都――南地区の貧民街に、イエラさんと彼女が保護する子どもたちが住む救護院があった。

私がいつものように入り口の扉を叩《たた》くと、すぐに鍵《かぎ》が外れる音が響く。

「エリス姉ちゃん！」

そんな言葉とともに、小さな影が私へと突撃してくる。

「あはは、ちょっと危ないって～」

それは、初めて救護院に訪れた時にはとても私のことを怖がっていた、獣人の子どもの一人だった。

彼に釣られて、奥から子どもたちが次々と私の下へとやってくる。

「エリスお姉ちゃん、あれやって！」

「精霊さん見たい！」

「僕も！」

子どもたちに纏わり付かれている私を見て、横にいた師匠がフッと笑みを浮かべた。

「随分と懐かれたな」

師匠も何度かここに来ているので子どもたちもその姿に慣れてはいるが、決して近づかない。やはり、いまだに大人の人間の男性は怖いようだ。

「師匠も一緒に遊べばいいいんですよ」

「そういうのは苦手なんでな」

なんて会話していると、一人の女の子が私の手を引っ張った。

「ねえねえ、精霊さん出して～！」

「はいはい。ちょっと待ってね」

私は両手で複数の魔法陣を描くと、そこから精霊たちを召喚。たくさんモフモフ達が廊下を駆け回りはじめた。

「あはは！　わーい！」

子どもたちが嬉しそうに精霊たちと遊び始めたのを見て、私は微笑んだ。

「昔、私が幼い頃もこうして精霊たちに遊んでもらっていたそうです」

「父親が精霊召喚師だったたっけか」

「ええ。でも多分あれは、母が喚《よ》んだ精霊たちだった気がします」

母のことは正直あまり覚えていない。精霊召喚の技術だって父に教えてもらったものだ。なのに、なぜだろう。なぜか目の前の光景を見ていると、母を思い出してしまう。

なんてちょっぴり感傷に浸っていると、奥からシスター服を纏《まと》った獣人の女性――イエラさんがやってくる。相変わらず頭の上で揺れている狼《オオカミ》のような耳が愛らしい。

「ああ、エリスさんに、ジオさんも。こら、貴方《あなた》たち。お客さんが来られたら、まずは挨拶《あいさつ》でしょう？」

「したもん！」

「精霊さんと遊ぶの！」

なんてやり取りを微笑ましく見ていると、イエラさんが困ったような笑みを浮かべた。

「いつもすみません、エリスさん」

「いえいえ。このぐらいなら、いつでも」

「助かります。なんせなかなか外に連れ出せないので、皆退屈しているのです」

子どもたちが精霊たちと追いかけっこしている姿を見て、私は頷いた。

「そうですね」

「帝国法のせいとはいえ……彼らだって望んでここに来たわけじゃないのにな」

師匠の言葉に、イエラさんが悲しそうな表情とともに目を伏せた。

「種族問わず、大人の責任です」

その重い言葉に、私はどうすればいいか分からずに思わず師匠へと視線を向けてしまう。

「なら、俺たち大人がなんとかしてやらないと。実は今日はそれに少し関係していることで、相談があってきた」

師匠の言葉を受け、イエラさんが察して子どもたちに声を掛けながら奥へと案内してくれた。

「今からエリスさんとジオさんと大切なお話があるので、皆さんお行儀よくしているのですよ」

「はーい！」

子どもたちの元気な返事を背で受けながら、私たちは応接間らしき部屋へと入る。

「どうぞお座りください」

私たちが破れてビリビリになったソファに座ると、イエラさんが私たちの向かいへと着席した。

「それで、どういったご相談でしょうか？」

イエラさんがそう聞いてきたので、私は師匠へと目配せをする。

ここに来るまでの間に私は師匠から、この件については私主導で話すようにと言われた。獣人たちと主に交流しているのは私だから、そっちの方が、話が拗《こじ》れないからだそうだ。

師匠が無言で頷くのを見て、私は口を開いた。

「イエラさん、最近迷宮の表層で事件を起こしている、〝刃の狩人〟ってご存じですか？」

その言葉を受け、イエラさんが目を閉じた。少し間を置いて、彼女がそれを肯定する。

「もちろん、知っています。私たち獣人がその正体であると疑われていることも」

「実は――」

私はそれから皇帝直々にイエラさんたちの潔白を証明するために調査を依頼されたことを説明した。

「……ええ、実はその件も把握しています。帝国が私たちの故郷である連合国と和平を結ぼうとしているのですよね？　本国とはある程度の情報交換していますので」

「そこまで知っているなら話が早いですね。とにかく、イエラさんたちが〝刃の狩人〟ではないと証明するためにも、協力してほしいんです。私たちで力を合わせて犯人たちを捕まえましょう！」

そう私が言ったあとに、黙っていた師匠が言葉を付け足した。

「〝刃の狩人〟による事件の解決に獣人が協力した、という事実は和平交渉の成立に大きく貢献できる。そうすれば、きっとあの子たちだって大手を振って外を歩ける日がやってくる」

私もその言葉に頷く。イエラさんもそれに同意してくれた。

「仰る通りです。それは私たちも分かっていまして……実は、表層で色々と調べてはいるのです」

イエラさんの言葉に私は驚いてしまう。

「もう動いていたんですね！」

「ええ。私たちのリーダーの意向で。表層における機動力で言えば、私たち獣人は人間の比ではありませんのはご存じですよね？」

「ああ、おかげでエリスたちを助けられた。今でもあの時のことは感謝している」

「本当に助かりました！」

「いえいえ……。あの事件を受けて、私たちもまた同じようなことができないかと考えていたのです」

「同じようなこと？」

「はい。獣に変身できる私たちが、表層で困っている冒険者を助けられたら……と。そうリーダーが言い出しまして。もちろん、善意だけではありません。先も言いましたが、帝国と連合国の間で和平交渉がはじまることを私たちは知っていました。なので、非公式的にでも冒険者たちと良好な関係を築くべきだと」

「素晴らしい考えだな」

「市政の人々と違って、冒険者の方々はまだ獣人に対する差別意識が低いですから。そんな矢先に、〝刃の狩人〟による襲撃事件が起きまして」

イエラさんがそこで話を区切り、一度大きくため息をついた。

「私たちは偶然にも何度か襲撃現場に居合わせたことがあります」

「そうなんですか？　じゃあ〝刃の狩人〟の正体も――」

「いえ……残念ながら彼らは去ったあとで、その正体までは分かりませんでした。ですが問題は……なぜか助けた冒険者たちが私たちを見て、怯《おび》えたのです。あるいは怒りを露《あら》わにした」

「怯えた？　それはどういうことでしょうか」

なぜ、助けてくれた者たちを怖がるのだろうか。ましてや怒るなんておかしな話だ。

「分かりません……何も答えてくれず、刃を向けてきましたから。それからすぐ、冒険者襲撃事件は獣人によるものだという噂が流れ、〝刃の狩人〟なんていう名称で呼ばれるようになりました」

「そんな……」

「私たちもわけが分かりませんでした。冒険者を救おうとして動いたことが、結果として裏目に出てしまったのです」

「……妙な話だな。誰かが、意図的に獣人のせいにしようとしているように感じる」

それは確かにその通りだ。でも、誰が？　何のために？

「とにかく、それ以降、私たちも迂闊《うかつ》に動けなくなりまして。ですが、襲われた冒険者を放っておくわけにもいかないのです。〝刃の狩人〟は命までは取らなくても、確実に武器だけは奪っていきます。そうするとたとえ命があっても、結局冒険者街や安全なところに辿《たど》り着くまでに魔物にやられてしまうんです。そういう冒険者の亡骸《なきがら》をいくつも発見しました」

イエラさんの悲しそうな声に、私まで沈んだ気持ちになってしまう。

「なんとかしたいのですが……やはり私たちだけではどうにもできません」

「うーん。不思議なのは、冒険者ってみんな強いのに、そんな簡単に武器を奪われるのでしょうか？」

私が疑問点を口にすると、それにイエラさんが答える。

「それが、どうも襲撃のほとんどの場合が奇襲で、しかも麻痺毒や昏睡薬といったものを使うそうです」

「そういえば陛下も毒を使っていたなんて言っていたな」

師匠が毒と聞いて、何か考え込みはじめた。

「万能薬があれば、治せそうだけど」

私の言葉を、師匠が肯定する。

「そうだな。万能薬もハイポーションも今は冒険者の間で普及しはじめている。そう簡単にやられるとは思えないんだよな」

師匠がそう言うと、イエラさんがそれを否定する。

「それがそうでもないのですよ。聞いた話によると、〝刃の狩人〟の使う特殊な魔導具のせいで、ハイポーションも万能薬も全く役に立たなくなるそうです」

「え？　それはどういうことです？」

「詳細は不明です。ですがその魔導具を使われると、ハイポーションも万能薬もただの水になるとか。さらに錬金術で作った部品を使った魔導具も壊れてしまい、おかげで傷も毒も癒やせず、結果として冒険者街に辿り着けず死亡してしまうんです」

「でも、そんなことが可能なんですか？」

私が師匠へと問うも、彼はなぜか難しい表情を浮かべているだけだった。

「ただの水になる……つまり錬金術を無効にする力を持っているのだろうが、そんな魔導具があるとは思えない。いや、そういう力自体はあるにはあるが……いや、ありえないか」

師匠が何かを否定するように首を横に振った。

「とにかくその魔導具をどうにかしないと、やられる一方なんです。私たちもそのせいで迂闊に手が出せなくて」

「うーん」

私は思わず唸《うな》ってしまう。まさか〝刃の狩人〟がそんな厄介な魔導具を持っているなんて思わなかった。錬金術を無効にする力が本当だとすれば、私たちにできることがなくなってしまう。

どんな起死回生のアイテムや魔導具を開発したところで、無効化されたら終わりなのだから。

「思ったより事態は深刻だな」

「その通りです。表層は今とても危険な状態で、〝刃の狩人〟とその特殊な魔導具を何とかしない限りはどうにもなりません」

「だが逆に言えば、それを何とかできれば……〝刃の狩人〟に対抗できるってことだな」

師匠はそう言うも、一体私たちに何ができるだろうか？

「ええ。そうなれば私たちも動くことができます。もちろん、冒険者の方々の誤解を解く必要もありますが」

「なるほど。ちょっとその二つを課題にして持ち帰ってみるよ。まず、錬金術を無効化する魔導具をどう対処するか。そして、どうすれば獣人たちが〝刃の狩人〟ではないと、冒険者たちに誤解なく伝えられるか」

そう言って師匠が立ち上がった。

「もし何とかできそうなら……私たちのリーダーを紹介します。お二人に全面的に協力するように、私の方から予《あらかじ》め伝えておきますので、きっと力になりますよ」

「分かりました！　何とかできるように考えてみます！」

私も立ち上がり、そうイエラさんへと力を込めて答えた。なんとかできるのは——私たちだけなのだから。

「お願いします」

その後、私たちはイエラさんと子どもたちに別れを告げ、二つの課題を解決するべく、工房へと帰ったのだった。

「うーん」

工房の作業場で、私は腕を組みながら唸《うな》っていた。

夕方、課題をこなすべく私たちは作業場にやってきたのだけど……。

「師匠、錬金術によるアイテムや魔導具を無効化するのって本当に可能なんですか？」

私は、作業台の上に置かれたハイポーションと万能薬を指で小突きながら、思わずそう師匠へと問いかけてしまう。

だって今、目の前にあるこれらが、ただの水になるなんてやっぱり信じられない。

すると、師匠が難しい顔のまま、口を開いた。

「その現象自体に関しては、可能は可能だ。実際に俺《おれ》も見たことがある」

「へ？　そうなんですか？」

「ああ。錬金術ってのは、要するに素材と素材を組み合わせ、魔力を使ってそれらを融合させることだろ？」

師匠がそんな基礎的なことを言うので、私は自信満々で頷《うなず》く。

「はい。【精霊錬金】もいわば、精霊を素材として扱う術だって認識なんですよね？」

師匠が頷くと、ハイポーションの入った小瓶《こびん》を手に取り、それを窓から差す光に透かした。赤く揺らめく光が、師匠の顔を染める。

「錬金術によって作られたものは一見すると、一つの物質に見える。だけども、本当は複数の素材が混ざり合っている状態なんだ。当然、それを分離させて元に戻すのは、悪魔でもない限り不可能だ。だが本来あった効果をなくすぐらいならば——方法はないではない」

なぜだろうか。この件に関してだけ師匠はやけに言葉を濁す。それに昨日からずっと何か思い悩んでいるような顔をしている。

「師匠。それはどういう原理なんですか?」

「原理は、俺も説明するのは難しいな。聞いた話だが、見えない素材と素材の結合を——斬るって感じらしい」

「斬る?」

私はそのあまりに錬金術らしくない言葉に、思わず声を裏返してしまう。

「あくまでイメージだ。だがなあ……。当たり前だが誰《だれ》にでもできる技術じゃない、というか固有錬金術の一種だ。しかも〝刃の狩人〟はそれと似たような効果の魔導具を使っているって話だ。そうなるとさらにわけが分からん。エリスの精霊錬金を、魔導具を使えば誰でもできますって言っているようなもんだ」

「それは確かにおかしいですね」

いくら魔導具が便利とはいえ、そこまでできたら、錬金術師がいらなくなるだろう。

「まあ精霊錬金は例外中の例外だけどな。一応、固有錬金術の原理を知っているなら、精霊錬金と同じく魔導具に応用することは可能かもしれない。問題は、その固有錬金術を使える者がこの国に複数いるとは思えない点だ」

「だとしたら、その唯一使える人が作った魔導具なのでは？」

「それはありえない。なぜならその人物は既に故人だからだ。そしてそんな魔導具を作ったという話もない」

師匠がここだけはそう言い切った。

「うーん。そうなるとますます謎《なぞ》ですね。誰が作ったのかも分からないなんて。錬金術師の天敵みたいな魔導具ですよ」

私は思わずため息をついてしまう。いくら画期的なアイテムや魔導具を作ったところで、無効化されるなら、作る意味がなくなってしまう。

「うーむ。誰が作ったかはともかく、効果は分かっている。その対策をすればいいだけなんだが……」

師匠が再び言葉を濁すので、私がその語尾を繰り返す。

「なんだが？」

「対策のしようがないのが問題だ。無効化する効果を、無効化させる魔導具を作れたとしても、それすらも無効化してくるかもしれない。イタチごっこになるだろうし、そんな試行錯誤をさせてくれるとは思えない。せめて、現物があれば話は別だろうけどな」

「ですよねえ」

錬金術師にはどうしようもない気がしていた。

「アイテムや魔導具に頼らずに対策するしかないな」

師匠が身もふたもないことを言い出す。

「傷も毒も治せないんですよ。便利な魔導具やアイテムも使わずに表層を冒険するなんて自殺行為な気がします」

「俺もそう思うよ。エリスは、精霊の力で問題ないだろうがな」

そんな言葉とともに、師匠が視線をクイナへと向けた。

「確かに精霊の力で多少の傷も癒やせるし、毒も治せますしね。あっ⁉ 精霊をレンタルさせるとかどうですか？」

そう私が提案するも、師匠が意地悪そうな笑みを浮かべた。

「そりゃあいいな。だが冒険者全員に貸すとなると、かなりの数になるができるのか？」

「……無理です。というか、そもそも同じ精霊を同時に複数体召喚するのは不可能です」

例えばクイナがいる今の状態で、クイナを喚《よ》んだところで不発に終わってしまう。

「だろうな。精霊錬金でできた素材やアイテムは複数体として数えられないから、できているわけだ」

「ですね。うーん……何も思い浮かばないなあ」

「今回ばかりは俺もお手上げだ。ポーションや万能薬は、傷や毒を未然に防ぐものじゃないからなあ。予《あらかじ》め飲んでおけば、勝手に傷や毒を直してくれるってのなら、その無効化も問題ないが」

師匠が肩をすくめて、両手を挙げた。

「そんな便利なポーションないですってば。確かに無効化される前に使うってのは対策といえば対策ですけども」

「分かってるよ。どうしたものか」

「どうしましょう……」

なんて二人で頭を抱えていると、作業場にある裏口の扉が開いた。

「明日の配達分を取りに来ました」

そんな言葉とともに、被《かぶ》った帽子を取って一礼をしたのは、青い作業服を纏《まと》った男性だった。その胸には運送ギルドの所属を証明する、車輪の紋章が刺繍《ししゅう》で縫い付けられている。

「あ、忘れてた！」

私は、明日ガーランドさんのところに送るポーションのことをすっかり忘れていた。

「ん？　用意していないのか？」

師匠が珍しいな、という風な表情を浮かべた。

「あ、いえ。ケースには詰めたのですが、店舗の方に置きっぱなしでした。すぐに取ってきます！」

そうだった。店舗を閉める前にこっちに持ってこようと思っていたのに、課題をどうするかに夢中で忘れてしまっていた。

私は慌てて店舗の方に行くと、カウンターの下にあるケースを持ち上げようとする。

「ぐぬぬ……重い」

ポーションがたくさん詰まったケースは予想以上に重く、びくともしない。

「おーい、大丈夫か？」

師匠が作業場からそう声を掛けてくるけど、さすがに私のミスなので自分でなんとかしたい。

「おいで、フランマ！」

私は右手で召喚陣を描き、【気炎の精霊・フランマ】を召喚。

「ふぅ！」

そんな可愛《かわい》らしい声とともに飛び出て来たのは、燃え盛る炎の羽を持つ鳥だった。長い尾羽の先からは火花が散っている。

「きゅー！」

フランマを見て、クイナが嬉《うれ》しそうな声を出す。似たような鳥の見た目ということもあって二体は仲よしなのだ。二体が嬉しそうにお互いのクチバシで突きあう可愛らしい姿を見たあと、私はいつものようにお願いをする。

「フランマ、力を貸して！」

「ふぅふぅ！」

私の言葉にフランマが鳴き声を返すと、私の頭上でその炎の翼を広げた。すると、体の芯《しん》からポカポカして、力がみなぎってくる。

「よし、これでいける。ありがとうね、フランマ」

「ふぅ！」

私はフランマを帰還させると、先ほどまでは両手でも動かなかったポーション入りのケースを、片手で軽々と持ち上げた。

そのまま作業場へと戻ると、師匠とギルドの人が驚いたような顔で私を見つめる。

「エ、エリス。お前、そんなに力持ちだったのか？」

「自分より力ありそうっす」

なんか、変な空気になっている気がする！

「あ、いや！　違うんです！　これはフランマの力で一時的に筋力を強化していてですね！」

「精霊の力ってそんなこともできるのか」

師匠が感心したような声を出すので、私は曖昧な笑みを浮かべながら、ケースをギルドの人へと渡した。

「じゃあ、自分はこれで」

「よろしくお願いしまーす」

ギルドの人がいなくなってから、師匠が不思議そうに私の二の腕を触りはじめた。

「な、何するんですか？」

顔が熱くなるのを感じながら、私は思わず身構えてしまう。

「いや、すまん。凄《すご》い筋肉がついているのかと思ったら、そうでもないんだな」

「それだったら精霊は使ってません！」

ムキムキになるのはさすがにちょっと嫌だもん。

「どういう理屈なんだこれ。その精霊はどの子だ？」

師匠がキョロキョロと精霊の姿を捜すので、私は思わず笑ってしまう。

「ふふふ……もう帰還させましたよ」

「帰還させた？　なのに、まだ効果が続いているのか？」

「ええ。そういう強化してくれるタイプの精霊はみんなそうですよ？」

「どれぐらい持続する」

「んー、一日ぐらい？」

ちゃんと試したことないから分からないけど、多分一日以上は保《も》つ気がする。

「は？　一日？　じゃあ明日までそのムキムキは続くのか？」

「ムキムキじゃないです！　でもその通りです。解除も、もちろん任意でできますけど」

「ふむ……便利だなそれ。その以外の強化してくれる精霊っているのか？」

師匠が興味深そうに聞いてくるので、私は得意気に答える。

「いますよ〜。筋力は【気炎の精霊・フランマ】で、自己治癒の強化は【光の精霊・ルクス】、魔力の強化は【魔導の精霊・カペル】です」

私がついでとばかりに、ルクスとカペルを喚び出す。

ルクスは、生物というよりも無機物よりの姿で、光る結晶の周囲にまるで日輪のような輪が二重に囲むように重なっている。声を出さない代わりにその輪を動かしたり、縮めたり、回したりして感情表現をするので、全くの無機物というわけでもない。

一方、カペルはというと、手のひらぐらいの大きさの白い子ヤギのような姿だ。でも、二足歩行をしていて、顔には眼鏡《めがね》、右前脚には分厚い本を携えている。

「メへへへへ」

カペルが私の手の上で周囲を見回して、一鳴きする。この状況を面白《おもしろ》がっているようだ。

「ルクスの力があれば傷の治りも早くなりますし、毒や病気に関しても回復にかかる時間がかなり短くなりますよ。カペルは魔術が得意で、〝魔力が強化されることによって、詠唱速度、精度、威力が向上する〟──と言っていますね。私は魔術使わないので、滅多に喚ばないのですが」

私が説明を終えると、師匠が納得とばかりに頷いた。

「なるほど。やはり精霊は魔術とは一線を画す存在だな……そんな便利な魔術があれば、みんな使っているだろうに」

「メへへ」

カペルが何か言って、私に伝えるようにと目配せをしてくる。

「えっと、〝そもそも魔術は精霊から、もたらされたものなので、当然である〟と言っていますね」

「なんだそりゃ。そんな話は聞いたことないぞ。いやでも、属性魔術が精霊のマナを使っていることを考えるとありえる話か」

「精霊の力を人間が使えるようにしたのが、魔術なんだそうです」

「興味深い。つまり、この強化の力も魔術にできるということだな。だとすれば、錬金術の無効化対策になるかもしれないぞ！」

師匠が妙案とばかりに、明るい声を出した。

そうか！　魔術なら無効化されないんだ！

「師匠天才ですね！」

「メッ」

カペルが力なく首を横に振ったのを見て、私は察した。

「精霊の力を新たな魔術に変えるのはとてつもなく難しいらしいです。これまでにそれを理解して魔術にできたのは、〝賢者〟と呼ばれる一人だけだって」

「賢者って、魔術の始祖であるあの〝賢者ラース〟か？」

師匠が信じられないとばかりに目を剥《む》いた。

「らしいですね。そんなに凄い人なんですか？」

「そうだ！　それまでは曖昧だった魔法という存在を、体系化し魔術として広めた偉人だ」

「へえ。カペルはそんな人と仲よしだったんだ」

「メ～」

カペルが、当然とばかりに頷く。

「信じられん。しかしいずれにせよ難しいのならダメか」

「ですね」

振り出しに戻り、途方にくれる私と師匠。って、あれ？

「師匠。要は、その持続する強化効果を私以外でも使えればいいってことですよ？」

「そうだな。だが魔術にするのは難しい。なら……ああ、そうか！」

どうやら師匠も思い付いたようだ。

「そうですよ！【精霊錬金】で作ればいいんです！」

なんですぐに思い付かなかったんだろうか？　錬金術は無効化されるという前提のせいで、精霊錬金を使うという選択肢を無意識に外していたせいだ。

「だが、魔導具ではダメだ。壊されてしまう」

「師匠。その無効化の力って、例えば体内に入ったものにも効果は及ぶのでしょうか？」

私がそう聞くと、師匠はすぐにそれに答えた。

「それについては問題ない。その力が俺の知っているものと同等と仮定すると、人の体内にまでは影響は及ばない。昔、体内に魔導具を埋め込むような変わり者がいてな……そいつには効かなかったって聞いた」

自信ありげにそう答えた師匠。しかし気になるのは、師匠がその錬金術を無効化する力を持っている人のことにやけに詳しい点だ。知り合いか何かだったのだろうか？

いずれにせよ、体内にまで効果が及ばないならいけるかもしれない。

「師匠、早速【精霊錬金】をやってみましょう」

私は早速準備を開始する。魔導具はダメで、体内に入ったら大丈夫なら、作るものは一つしかない。

「ポーションだろ？」

師匠がニヤリと笑った。

「です！　これならあらかじめ飲んでおけば、その魔導具を使われても効果は消えません」

私はいつものようにハイポーションを作る要領で、本来使うはずの精霊の代わりに、召喚したフランマとルクス、それにカペルにお願いして融合してもらう。

作業場に、精霊光が満ちる。

そうして出来上がったのが――

「このオレンジ色のが、フランマが融合した筋力強化のポーション。こっちの黄色がルクスの自己治癒強化のポーション」

「で、こっちの青いのが魔力強化だな」

出来上がった三つのポーションを見て、私たちは頷き合った。

「まずは効果量と持続時間を計測しないとな。さらにこれはポーションの材料を使っているが、もっと相性のいい素材があるかもしれない」

「色々やることありますね！」

なんだかワクワクしてきた！

これまでのハイポーションや万能薬は既存品の改良といった感じのアイテムだったけども、今回は完全に一から作ったものだ。ここから試行錯誤して、より効果が高いものを作る必要がある。

「それが錬金術師の楽しさの一つだ――って師匠も言ってましたよね」

「その通りだ。ちと、使えそうな素材に心当たりがあるから、市場にいってくるよ」

「じゃあ、私は在庫にある分で試してみます」

こうして私と師匠は寝る間も惜しんで、全く新しいポーションの研究と実験に勤《いそ》しんだのだった。

第三話　獣人のアジト

結局、師匠が納得いく新たなポーションができるまで、一週間近くかかってしまった。

その代わりに、かなりの自信作ができた。

「まず、このパワーポーションですが、飲んだ人は一時的に筋力強化の効果を得られます」

私と師匠は早速、〝刃の狩人〟対策になると売り込むべく、迷宮《メイズ》表層の冒険者街にある冒険者の館に来ていた。

目の前には、神妙な顔付きの受付嬢――ミリアさんが座っている。彼女の前にある分厚い木材でできた、いかにも重そうなテーブルの上に三色のポーションを置いている。

「一時的に筋力強化って、具体的にどうなるの？」

ミリアさんがそう訝《いぶか》しむので、私はニコリと笑みを返す。

「こうなります」

そんな言葉とともに、目の前のテーブルを私は片手で持ち上げた。

「……え？」

ミリアさんがあんぐりと口を開けて、テーブルを右手だけで軽々と持つ私を見つめた。

「非力な私でもこの程度の重さの物なら余裕で持てます。成人男性ならもっと効果が増しますよ」

これは実証済みだった。私と師匠それぞれで実験した結果、より元の筋力量が多い人ほど、効果が増すことが分かった。

ゆっくりとテーブルを下に降ろすと、ミリアさんが手を口に当てていた。

「凄《すご》い……そんなことが飲むだけで可能に？」

「そうです。誰《だれ》でもお手軽簡単です」

「単純に、冒険者たちの戦力増加に繋《つな》がるわね。でも、どのぐらい効果は持続するの？　十分？　五分？」

「――二日。つまり四十八時間は効果が続きます」

「二日？　信じられないわ！」

ミリアさんが声を裏返すほどに驚く。あはは、この反応を見られただけでも、苦労して改良したかいがあった。

回復効果は必要ないのでメディナ草を使わずに、保存料として使われるとある香草を使った結果、劇的に効果時間が延びたのだ。それを見付けるまでが大変だったけども。

「試作品の効果時間は一日だったのですけど、師匠がそれでは足りないって」

「今回作ったのは、〝刃の狩人〟対策のためだ。ここで購入して飲んで、探索して帰ってくることを考えると、一日じゃ足りない。それだと表層の限られた場所にしかいけない。翌日分を持っていってもいいが、それを飲む時に襲われたら元も子もない」

「それは確かにそうね。二日あれば確かに一通りの探索はできるわ」

ミリアさんが納得の表情を浮かべる。

「こっちの黄色の方は、ヒールポーション。これも同じ効果時間中、自己治癒力が強化されて、傷や毒の回復時間が大幅に短縮されます。怪我《けが》などに関しては、ハイポーションほどの即効性のある効果は見込めませんが、通常のポーション程度の効果は保証します」

これもまた、師匠が課した条件だった。最低でもポーションレベルの治癒能力が常に発揮していないと、意味がないと。これまた苦労して、色々と素材を吟味した結果、乾燥地帯に生えるという薬草の一種であるサンドフラワーが、一番効果量が高いことが分かった。

「二日間ずっとポーションの効果が持続するの？」

「はい。ただ、外傷に関しては通常のポーションをかけるなどして併用するとさらに回復速度が上がるのも確認済みです」

「それで？　こっちはどうなるの？」

ミリアさんがノリノリで、今度は青いポーションを指さした。

「こっちはワイズポーション。魔力を強化します。勿論《もちろん》強化時間は同じ」

「魔力を？　魔力はそれぞれが生まれ持った先天的なもので、増やすことはできないはずよ。だから魔術師は、誰もが望んでなれるものではない」

ミリアさんは元冒険者で、魔術にも詳しいようだ。

「その通りです。魔力をゼロから生み出すことはできません。あくまで元からあるものを強化するだけなので、元々の魔力が少ない人が飲んでも魔力が増えて魔術が使えるようになる、といった効果は残念ながらありません。なので、こっちは魔術師専用となるかと思います」

それは師匠と色々やった末に、妥協した部分だった。もし、魔力が少ない人でも魔力が増えて魔術を使えるようになれば、それはもう革命的なものになっただろうけど、考え得る限りの素材を使って、実現しなかった。

「いえ、でも十分よ。冒険者にとって魔術師はいわば切り札。それが大幅強化されるなら、それだけでかなり戦力が上がるもの」

「魔力切れ対策にもなる。総量は増えないが、より少ない量でこれまで以上の威力を出せるからな」

師匠がそう補足してくれた。

「なるほど……とりあえず試験も兼ねて、捜索隊のみんなに使ってもらっていい？　みんなもう、〝刃の狩人〟のせいで、大変なの」

捜索隊とは表層で行方《ゆくえ》不明になったり、救助を求めている冒険者を助けたりすることを生業とする人たちのことだ。きっと今は大忙しだろう。

「そう思って、それぞれ十二本ずつ運ぶように手配していますよ」

「助かるわ。しかし、これもまたエリスちゃんが作ったの？」

「はい！　あ、でも師匠にあれこれ教えてもらいながら、ですけど」

「大したものよ。ハイポーションと万能薬だけでも冒険者は大助かりなのに、こんな凄いのができたら……中層の安定した突破も夢じゃなくなるわ」

ミリアさんが嬉《うれ》しそうにそう言って微笑《ほほえ》む。

「迷宮深層は、まだ誰も辿《たど》り着いていないんでしたっけ？」

「到達自体はできるけども、運が絡《から》むことも多くてなかなか安定しないのよ。それこそ、軍隊ぐらいが出動しないと難しいわね。ほとんどの冒険者は、深層に辿り着きはしても、帰ってこない」

「……だな」

なぜか師匠が重苦しそうな声を出した。ああ、まさか。

「マリアもきっとそうだったわ」

ミリアさんが目を閉じた。どうやら彼女も、師匠の師匠であり、そして実の姉であるマリアさんのことを知っているようだった。

「マリアさんは、深層に挑んだのですか？」

私が躊躇《ためら》いながらそう聞くと、師匠が首を横に振った。

「分からない。……いやそんなことはいい。ミリア、ウルはいるか？　少し頼みたいことがあるのだが」

師匠が話を変えた。

私だってそれがあまり触れてほしくない話題なのは分かっている。でも、もう少しぐらい話してくれてもいいのに、とちょっとだけ思う気持ちもある。

「ああ、ウルちゃんなら、今日はガーランドさんのところでガイドするからって、今下調べに表層に行っているわ」

「そうなんですか。うーん、会いたかったけどお仕事なら仕方ないか。これ、ガーランドさんの分も含め、ウルちゃんに渡しておいてくれますか?」

　私は持ってきていたこの三種のポーションを数本ずつミリアさんへと渡した。

「ええ、分かったわ」

「じゃあ俺たちはちょっと用事があるから失礼する。またこの三種のポーションの感想を聞かせてくれ」

「了解。表層に出るなら、くれぐれも気を付けてね」

　ミリアさんがそう言うので、私はそれに笑って答えた
「大丈夫です。心強い仲間がいますので」

＊＊＊

　冒険者街を出て、私たちは冒険者たちがいない岩陰へと入った。勿論、パワーポーションとヒールポーションは冒険者街で使用済みだ。

「じゃあ、使いますね」

　私が首から掛けていた白い小さな笛を口に当てた。それはいつかイエラさんに貰《もら》った〝狼笛《オオカミぶえ》〟で、迷宮で吹けば、それは獣人《セリアンスロープ》たちへの合図となるのだ。

　笛からは獣人にしか感知できない音が鳴っているらしいけども、私には息が吹き抜ける音しか聞こえない。

しばらくすると、丘の向こうから銀色の大きな狼がこちらへとやってくる。

「イエラさん！」

私は顔がだらしなく緩むのを必死に止めながら、やってきたその大きなモフモフへと抱き付いた。

うーん、このフワフワの毛に包まれる感覚は精霊では味わえないんだよね。師匠が呆《あき》れたような顔をしているのはきっと気のせいだ。

「ぐるるる」

私がひとしきりイエラさんをモフモフしたあと、いい加減にしろと言わんばかりの師匠の視線に負けて、イエラさんの背中へと乗った。

師匠が前で私が後ろ。

「ちゃんと捕まってろよ」

「分かってますって」

私は少しだけ恥ずかしいなと思いながら、ソッと師匠の腰へと手を回し、ギュッと抱き締めた。

まるでその動きを読んでいたかのように、イエラさんが疾走を開始する。

「あはは！　やっぱり速い！」

風で髪の毛がバタバタと煽《あお》られるのも無視して、思わず笑い声が出てしまう。

「はしゃぎすぎて落っこちないか心配だよ」

「その時は師匠も一緒に落ちるので大丈夫ですよ」

「何も大丈夫じゃないぞ」

なんて会話をしているうちにイエラさんがどんどん加速していく。

今日、迷宮に行くことを彼女に伝えた時、是非リーダーに会ってくださいと言われて、こうして向かっているのだけど——

「かなり表層の奥の方まで行くようだ」

「ですね」

景色がどんどん通り過ぎていき、林を抜け、丘を駆け抜ける。

そうして辿り着いたのは、砂と岩だらけの荒原だった。

イエラさんは速度を落とし、大きな岩の傍《そば》で止まると、私たちに降りるように促した。

「ここですか？」

「みたいだが……何もないな」

見渡しても、やっぱり砂と岩しかない。

「ここで合っていますよ」

いつの間にか人の姿に戻っていたイエラさんが、息一つ切らさずに笑みを浮かべる。

「人に見付からないように巧妙に擬態されていますから。ほら」

そう言ってイエラさんが、岩の傍に落ちている妙に平べったい岩を持ち上げた。すると、それはまるでふたのように開いて、その先には穴と、はしごが掛けてあった。

「おお……凄い」

まるで秘密基地みたいだ！

「地下なのか……道理で冒険者たちに見付からないわけだ」

「入り口は複数箇所にあるのですが、定期的に変えています」

イエラさんが答えながら、はしごを下りていく。師匠が私に先に行くように促した。

はしごはさして長くなく、穴の底は通路になっていた。明らかに人の手で掘ったあとがあり、坑道のような雰囲気だ。

「サラマン、おいで」

通路が暗いので、私は火の精霊であるサラマンを喚んで、明かり代わりにする。

「少し歩きます。迷いますので、決してはぐれないように」

師匠が下りてきたのを見て、イエラさんが先導をしはじめた。

「凄いな。この通路も獣人が掘ったのか？」

師匠が歩きながら興味深そうに壁を触る。壁肌は決して脆《もろ》そうには見えないので、もし掘ったとしたら途方もない時間と労力が必要そうに見えた。

「元からあるものを利用しているだけですよ。冒険者の方々はあまり知らないようですが、表層と第二層との間にはこのような通路が無数に存在しています」

「それは俺も初耳だな」

「それを私たちはアジトとして利用しています」

通路は無数に枝分かれしていて、もう私だけではあのはしごの場所に戻ることはできないだろう。

しかしイエラさんは迷う素振りも見せず進んでいく。

「もう少しです。あまり快適なところではありませんが、ご容赦を」

そんな言葉とともに、イエラさんが案内した先には、鉄製の扉があった。さらにその前には、二人の獣人が立っている。右側にいるのは短い槍《やり》を持った茶髪でなぜか片耳しかない男性で、左側は短剣をその腰に差している、灰色の髪の青年だった。

「お、ジオの旦那じゃねえか」

片耳の男性がそう言って、手を挙げた。

「それにエリスちゃんも」

灰色の髪の青年が嬉しそうに私の名を呼ぶ。

「えーっと……こんにちは」

私はその二人が誰か思い出せず、曖昧な笑みで誤魔化《ごまか》すしかなかった。

「ライルに、ザック……だったか？」

師匠がそう言うと、二人が頷《うなず》いた。どうやら、片耳の男性がライルさんで、灰色の髪の青年がザックさんらしい。

「ククルカン・イレクナを倒した時以来だな」

師匠の言葉で私はようやくこの二人が、先の事件でガーランドさんたちとともに私を助けに来てくれた獣人たちだと気付いた。あの時は狼の姿だったので、人の姿を見るのは初めてだった。

「そ、その節は大変お世話になりました！」

慌てて頭を下げた私を見て、今度はライルさんたちがあたふたしだす。

「あ、いや！　万能薬で助けてもらったのはこっちで、あんたは命の恩人なんだ！　頭を上げてくれ！」

「お、大袈裟《おおげさ》ですよ」

あの時の毒は確かに恐ろしかったけども、命まで奪うものではなかったはずだ。

「それは人間に限った話だ。満足な治療も受けられず、帝都に戻ることが難しい俺たちにとってあの毒は致命的だったんだよ」

ライルさんの重い言葉。どうやら私が思っていたよりずっと、あの〝蛇風《ククルカン》〟の毒は脅威だったみたいだ。横を見れば、イエラさんもその通りとばかりに頷いている。

「だから、エリスちゃんの万能薬のおかげで助かったんすよ。さ、中へどうぞ」

ザックさんが扉を開けてくれた。私は二人に別れを告げると、扉の先へと足を踏み入れた。

「おお。やっぱり秘密基地みたい！」

そこは洞窟みたいな複数の部屋がいくつも繋《つな》がっているような空間で、テーブルや椅子《いす》などが置いてあり、ちょっとした生活拠点になっていた。木箱を椅子代わりに座って談笑している獣人たちもいれば、奥にあるスペースで獣の姿で丸まって寝ている人もいた。

ざっと見ただけでも二十人以上いて、活気がある。でも、みんなどこか疲れているように見えるのは気のせいだろうか？

「こちらです」

イエラさんが先を行き、そのあとについていく。獣人たちがこちらに気付くと、皆が笑顔を浮かべ、手を振ったりして歓迎してくれた。

「相変わらず人気者だな、エリスは」

師匠がそう茶化してくるので、私は照れ隠しに頬《ほお》を膨らませた。

「師匠だって歓迎されてるじゃないですか」

「俺はついでだよ、ついで」

「そんなことないですってば。ライルさんとかとも仲がいいみたいですし」

扉でのやり取りを見ていると、師匠はいつの間にか獣人たちと随分と親しくなっていた。

「まあな。ガーランド旅団の連中とももあれ以来付き合いがあるみたいで、たまに一緒に探索しているらしいぞ」

「へえ！　そうやってみんな仲よくすればいいのに」

「……そうだな。俺もそう思うよ」

師匠は言葉ではそう言うものの、そうなるとは思えないとばかりの口調だった。

「この中に、リーダーがいます」

このアジトの奥にあるもう一つの扉をイエラさんが開けて、私たちに入るように促した。言われるがままに進むと、そこには大きなテーブルが一つ置かれていて、地図が広げてある。それをジッと見つめていたのは、一際《ひときわ》体の大きい獣人だった。銀色の髪と獣耳《けものみみ》、そして武骨ながらもどこか優しい顔立ちは、なぜかイエラさんと似ている気がした。

「ん、来たか」

その人がそう言って顔を上げると、私と師匠へと視線を向けた。やっぱりその顔はイエラさんと似ている。

「連れてきましたよ、ガルド。エリス工房のジオさんに、エリスさんです」

イエラさんがそう私たちを紹介した。ということはこの人が獣人たちのリーダーであるガルドさんってことか。

「初めまして！　エリスです！」

「と、一応その師匠をやってる錬金術師のジオだ」

私たちが自己紹介をすると、ガルドさんが目を細めて頷いた。

「ガルドだ。一応、リーダーを務めさせてもらっているが、しがない戦士だよ。姉が世話になっている」

ガルドさんが今度はイエラさんへと視線を移した。え？　姉？

「ああ、言い忘れていました。ガルドは私の弟なのです。なので、遠慮なく接してくださって大丈夫ですよ」

「ええ？　そうなんですか？　道理で似ていると思った……」

というか、ガルドさんの方が年上に見えるけど、一体イエラさんはいくつなんだ……？

怖くて聞けないので、その疑問は心の中にソッとしまっておく。

「わはは、俺は姉には逆らえないからな。実質的には姉がリーダーみたいなもんだ」

なんて笑いながら言うガルドさん。

「そんなことないでしょ？　それよりもガルド、今日は〝刃の狩人〟について相談があるそうで」

イエラさんの言葉を受けて、私が改めて皇帝陛下から依頼を受けていることを伝えた。

「その話は確かに本国から聞いていたが、皇帝陛下が自ら話したとなるといよいよ現実味が帯びてきたか……だが、現状ではかなり難しいと思っている」

ガルドさんがため息をつく。

「知っての通り、今、俺たちと冒険者との関係は悪化している。〝刃の狩人〟なんて連中のせいだ。そのせいで、獣人に対する感情はよくない。和平は難しいだろうさ」

「誰かが、それを獣人の仕業だと流しているんですよ」

「ああ、その通りだ。〝刃の狩人〟に襲撃されて助かった冒険者の一部が、獣人の仕業だと訴えているのが原因らしいが……」

「一応聞くが、表層にいる獣人はお前たちだけか？」

師匠がそう聞くと、ガルドさんが首肯する。

「もちろんだ。俺たちは人以上に仲間との繋がりを重視する。だから同じ獣人である俺たちを騙《だま》して、そんな活動ができるとは思えないし、仮にそんな奴《やつ》がいればすぐにバレる。分かると思うが、獣人は目立つからな」

「だな。疑って悪かった」

師匠が素直に頭を下げた。きっと師匠も最初から疑ってはいなかったのだろうけど、聞くことは必要だった。

「気にしないでくれ。俺だって真っ先に仲間を疑ったからな。だが、全員が揃《そろ》っている状態で襲撃事件が起こったこともある。間違いなく獣人の仕業ではない」

「そうか……しかしそうなると、一体何者なんだ」

師匠が腕を組んで唸《うな》る。

「分からない。が、しかし間違いなく、獣人のことをよく思わない連中だろうな。和平の話を知っていて、それを阻止したいのかもしれない」

「ありえる話だが……それにしてはやり方が迂遠《うえん》すぎる。そういえば、ガルドたちは襲われたことはないのか？」

「ない。まあ俺たちは表層を移動する時は獣の姿になるからな」

「ああ、なるほど」

「とにかく、今も冒険者たちが襲われていないか各地を部下に監視をさせているが、噂《うわさ》が広まった以上は俺たちも安易には動けない」

なかなかに難しい状況だった。

「ふうむ」

師匠が何か考え込むような素振りを見せるが、解決策が出てこない。

「俺たちは何もしちゃいないが、信用を失ってしまった状態だ。だが、間違いなく奴らに対抗できるのは俺たちだけだ。神出鬼没かつ、魔導具で錬金術を無効化する連中に、冒険者だけでは分が悪すぎる」

「一応、その対抗策としてこれを作ったのですけど」

私は三色のポーションを取り出すと、それをテーブルの上に載せてそれぞれをミリアさんにしたように説明した。

「素晴らしい。これなら〝刃の狩人〟にも対抗できるかもしれない」

「はい。でも、やっぱり問題は、いくら効果が二日間続くと言っても、表層に潜伏している〝刃の狩人〟を探し出すには短すぎる点です」

結局のところ、〝刃の狩人〟を見付けて、捕まえるしか方法はないのだ。だけども彼ら相手に冒険者だけではあまりに不利なのだ。

「俺たちも八方《はっぽう》ふさがりでな。だからこうして二人に来てもらって、なんとか協力できないかと思ったんだ」

ガルドさんの言葉に、イエラさんが同意とばかりに頷いた。

「私たちとしても、獣人の皆さんにはまた手を貸してほしいのですけど……問題はどうすればいいかってところですね」

「冒険者どもが、協力してくれたら早いんだがなあ……」

ガルドさんがそう愚痴る。私たちは今こうして普通にガルドさんやイエラさんと話しているけど、常識的に考えて、これは信じられない行為らしい。

獣人は野蛮で、人を食う。なんて噂が流れるぐらいだ。もちろんそうじゃないことを私は知っているし、ちゃんと理解している人たちだっている。でも、世間一般的に言えば、それぐらいに獣人と人間の間には確執と深い溝があった。

「公的に協力関係を結ぶのは難しいだろうな。俺は気にしていないが、一応ガルドたちの存在自体がまあ、違法だからな」

「くだらない話だ。元々この迷宮《メイズ》だって最初に挑んだのは我ら獣人だというのに」

ガルドさんがそう言うので、私は思わず声を出してしまう。

「そうなんですか？」

「帝都がまだ小さな街だった頃の話だよ。街の地下に突如見付かった、魔物が蔓延《はびこ》る危険な空間を調査させるために、連れてこられた獣人の奴隷――それが俺たちの祖先だ」

「それは……俺も知らなかった話だ」

師匠が驚く。

「だから俺たちから言わせてもらえれば、後から来た冒険者たちの方がよそ者なのさ。馬鹿馬鹿《ばかばか》しい」

なんてガルドさんが怒りを滲《にじ》ませた言葉を吐いていると、イエラさんが目を細めた。

「ガルド。二人は貴方の愚痴を聞きにきたわけではないのよ」

「……そうだったな。すまん」

そう言って謝罪するガルドさん。どうやら、姉のイエラさんには本当に頭が上がらないようだ。

「あ、いえ！　聞いたのは私ですし！」

「いずれにせよ、いくらエリスの作った新ポーションがあっても、冒険者だけ、獣人だけで奴らを捕まえるのは不可能だ。だからどうにか協力関係を作りたい」

師匠がそう伝えるが、ガルドさんは難しい表情のままだ。

「その点は同意する。俺たちも君たちのためならいくらでも協力する。だが、冒険者たちは俺たち獣人との協力を望まないだろうし、納得しないだろうな。そんな者と手を組むことは俺たちにもできない」

ふう。

結局堂々巡りなのだ。

〝刃の狩人〟を捕まえるためには、冒険者と獣人の協力が不可欠なのだ。

だけども、冒険者たちは〝刃の狩人〟は獣人の仕業だと思っているので、いくら私や師匠が訴えたところで、ガルドさんたちと協力することはないだろう。

そんな冒険者の態度に、ガルドさんたちは態度を硬化させている。

それを解消するにはガルドさんたちの仕業ではないと証明するしかないけど、それをするには〝刃の狩人〟を捕まえるしかない。そのためには結局、二者の協力が必要なわけで……。

「うーん」

獣人と冒険者が協力すればとても心強いことを、私が一番よく知っている。なんせ、ガーランドさんたちとガルドさんたちが一緒に助けに来てくれた時のことがあるからだ。

……あれ？　あれあれ？

「まずはどうにかして、獣人の仕業ではないと証明するしかないか……」

師匠が諦《あきら》めたような口調でそう言うので、私は疑問を口にする。

「あの、師匠。〝蛇風事件〟の時に、私を助けに来てくれたじゃないですか？」

「ん？　ああ」

「あの時って、どうやってガーランドさんたちとガルドさんたち獣人の協力を取り付けたのですか？」

私がそう聞くと、師匠はなんだ、そのことかとばかりに答えてくれる。

「それは、エリスのおかげだろうさ。ガーランドはエリスに命を救われた。獣人たちも同様だ。だから見知らぬ同士でも協力できた。でも今回は違うだろ？」

「いや、そうなんですけど……ガルドさん、ガーランドさんたちとは今でも交流しているって話は本当ですか？」

私の問いに、ガルドさんが頷く。

「ああ。ガーランドもたまに部下とここに来て一緒に飲んだりしているぞ」

どうやら私が思っていた以上に、ガーランドさんたちとの仲は良好のようだ。

「なら、ガーランドさんたちと協力するのはどうです？　それならお互い問題ないし、もしそれで〝刃の狩人〟を捕まえることができたら、無実を証明できます」

私がそう提案すると、その場にいた全員が沈黙。顔には、驚きの表情。

「それは……その通りだ。むしろなんで思い付かなかったんだ。両者を最初に結びつけたのは俺だって言うのに」

師匠が顔に手を当てて、露骨に落ち込んだ。

「た、確かにそれなら問題ないな。ガーランドたちとなら部下も喜んで協力するだろうし。くそ、なんでそんな簡単なことに気付けなかった」

ガルドさんまで、なんか落ち込んでる？

「あ、いや、でもガーランドさんたちが協力してくれるとは、まだ限らないですし！」

「すぐに、会いに行こう。まあ聞くまでもないと思うがな」

師匠がすぐに立ち直ってそう提案する。

「へ？」

「そうですね。きっと、彼らなら詳細も聞かずに、了承するでしょう」

イエラさんがここに来て初めて、笑顔になった。

「ガーランドならきっと協力してくれるさ。しかもエリスさんからのお願いなら余計にだ。なんせあいつは、いっつも酔うとエリスさんの話ばかりするからな」

ガルドさんも前向きになっていて、場が明るくなる。

「そうなんですか？　なんか恥ずかしいな……」

私は照れくさくて、モジモジしてしまう。

「丁度、ガーランドたちも表層に来ている。エリス、早速協力を要請しにいこう」

師匠がそう言うと、私は笑顔で頷いた。

「はい！」

「こっちはこっちで準備させておく。この件については俺も同行して一緒にお願いするよ」

ガルドさんが身支度を整えはじめたので、それが終わるのを待って、私たちは再び冒険者の館へと戻ることになった。

＊＊＊

冒険者の館へと急いで戻った私たちだったけども——

「ガーランドたちなら、ウルちゃんともう探索に出てしまったわよ？」

ミリアさんが答えたのを聞いて、私と師匠は困ったように顔を見合わせた。

「どうするか……。ミリア、いつ帰ってくるか分かるか？」

「うーん、日帰りとは聞いたからそんなに遠くはないと思うけど。そういえば〝刃の狩人〟がよく出るって言われる場所に行くって言ってたわね」

「〝刃の狩人〟がよく出る場所？　なんでわざわざそんな危険なところに」

「なんか、ガーランドたち、〝獣人の仕業なわけがない！　俺たちがとっちめてやる〟って息巻いてて」

なるほど。どうやら私たちが動くまでもなく、ガーランドさんたちはガルドさんたちを信じていたようだ。

「しかし、もし遭遇したら危険なのでは？」

師匠が心配そうにそう言うと、ミリアさんも同意する。

「そうなのよ。でも、エリスちゃんの新しいポーション渡したら、これなら勝てる！　って言って止められなかったのよね」

はあ、とため息をつくミリアさん。なんとなくその場面を想像できるだけに、仕方ないと思ってしまう。

「エリス、ガーランドたちのあとを追おう。イエラたちの足なら追い付けるはず」

「ですね。心配ですし」

「でも、具体的な場所までは私も知らないわよ？　〝刃の狩人〟は表層全域で出現するから」

「じゃあ、よく出る場所ってどうやって見付けたんだ？」

「なんかウルちゃんが独自に調べていたみたいで。彼女も獣人の仕業じゃないって思ってたみたい」

ウルちゃん、偉いなあ。ちゃんと調べていたんだ。でも、それが今回は裏目に出てしまっている。

「参ったな。どこ行ったか分からないとなると、戻るのを待つしかない」

師匠が大きく息を吐いて、椅子へと腰掛けた。その手には煙草。

「師匠、一服している暇はないですよ。ミリアさん、ウルちゃんたちは確かに私のポーションを持っていったんですよね？」

「ええ」

「だったら、師匠、場所が分かるかもしれないです」

「へ？」

「さ、行きますよ！」

「あ、ちょ、一本だけ――」

私は師匠を無理やり引っぱって立たせると、そのまま冒険者街の外で待っているイエラさんたちの下へと向かった。

「おい、エリス。その場所はどこなんだ？　なんで知っている」

「私は知らないですよ」

「はあ？」

「でも、この子なら分かる。おいで、グリム！」

私は右手で召喚陣を描き、【導きの精霊・グリム】を喚び出す。それは黒い小さな子犬のような精霊で、尻尾《しっぽ》には火の入ったランプがぶら下がっている。

「くーん！」

嬉しそうに鳴くグリムの頭を撫《な》でながら私は師匠へとこの子の力を説明する。

「この子は、特定の物や場所へと導く力があるんです。ただし、私が触ったことのある物や、行ったことのある場所限定ですが」

「……そうか！　ウルたちに渡したポーションへと導いてもらうってことか！」

さすが、師匠。察しがいい！

そうして私たちはイエラさんとガルドさんと合流し状況を説明して、その背に乗せてもらう。

「グリム、お願い！　私のポーションへと導いて！」

私がポーションの姿を思い描くと、グリムが応《こた》えた。

「くーん！」

グリムが尻尾を振ると、ランプから小さな赤い火が飛び出てくる。それがゆっくりと、北の方向へと進んでいく。

「イエラさん、ガルドさん、あの火を追ってください！　スピードは出しても大丈夫ですよ、ちゃんと合わせて加速するので」

私の言葉に応えるように二人が頷くと、グリムの出した導きの火の方へと走っていく。

何事もなければいいのだけど。

そこは深い森の中だった。

「あっちです！」

「戦闘音が聞こえるな、急ごう！」

師匠が言うように、確かに前の方から、何やら金属同士がぶつかり合う音が響いている。それに合わせて、怒号や叫び声が飛び交っていた。

イエラさんとガルドさんが疾走した先――そこはちょっとした広場になっていた。

そこで見知った顔の冒険者たちが、黒いフードつきのローブを纏《まと》う集団と戦闘になっていた。どう見ても、それらは魔物ではなかった。

「ガーランドさん！」

私は一番前で大斧《おおおの》を振るっている壮年の冒険者――ガーランドさんを見付けて、叫ぶ。

「ん？……… エリス嬢？ なぜここに？」

「相手は〝刃の狩人〟ですか？」

私が聞くと、ガーランドさんが頷《うなず》く。見れば、ガーランドさんたち側に倒れている人は誰《だれ》もいない。

「おう！　エリス嬢のポーションのおかげで、負ける気がしない！　おらあ！」

ガーランドさんが大斧を地面へと叩《たた》き付《つ》けた。その衝撃で地面が削れ、石と砂が飛び散る。

「くっ！」

それをまともに顔に浴びた〝刃の狩人〟の一人が思わず顔を庇《かば》った瞬間、ガーランドさんによる強烈なタックルが迫る。

まるで、ボールのように吹っ飛んだ〝刃の狩人〟が、木の幹へとぶつかって沈黙。

「まずは一人！」

ガーランドさんが吼《ほ》える。

「くそ、なぜ毒が効いてないんだ？」

「三流冒険者のくせに、なんでこんなに強い？」

〝刃の狩人〟たちが、焦《あせ》りを口にする。

「がはは！　お前らの卑怯《ひきょう》な手段は、全部エリス嬢のポーションのおかげで効かん！」

「くそ、もう一度使うぞ！」

〝刃の狩人〟の一人が、懐《ふところ》から、何やら金属性の筒を取り出した。彼がそれを両手で捻《ひね》った瞬間、その筒から青い白い光が溢《あふ》れ出る。

「あれか！」

師匠がその謎《なぞ》の道具を見て、そう確信する。私は腰に付けていた予備のハイポーションを慌てて確認すると――

「師匠、色が！」

光を浴びたハイポーションの赤色がどんどん褪《あ》せていき、透明になっていく。どうやらこれが、錬金術を無効化する力のようだ。

「俺《おれ》らには効かねえって言っているだろうが！」

ガーランドさんが大斧を振り回しながら突撃し、その後にガーランド旅団の人たちが続く。

「こんなの聞いてねえ！　撤退だ！」

ついに劣勢なのを理解した〝刃の狩人〟が逃げようとする。同時に私と師匠はイエラさんとガルドさんの背から飛び降りる。

「逃がさんよ。イエラ、ガルド、行ってくれ！」

師匠の言葉とともにイエラさんたちが、私たちを乗せて走っていた時とは、比べ物にならないほどの速度へと一瞬で加速。〝刃の狩人〟の後方へと回り込む。

「なんで魔物が？」

「バカ野郎！　こいつら獣人《セリアンスロープ》だ！」

「なんで冒険者と？」

混乱する〝刃の狩人〟たちだが、既に完全に包囲されている。

「大人しく投降しろ。そうしたら命までは取らん」

ガーランドさんがそう低い声で宣言する。しかし、〝刃の狩人〟たちには諦《あきら》めたような雰囲気はない。

「分かってねえな……投降なんてしてみろ、今度はボスに殺されるに決まっている！　ならここで足掻《あが》くしかない！」

〝刃の狩人〟がそう言って、地面を蹴《け》ってガーランドさんへと迫る。

「馬鹿《ばか》野郎が」

ガーランドさんが迫る〝刃の狩人〟へと拳《こぶし》を叩き込《こ》んだ。

「あがっ」

一撃で地面へと沈む〝刃の狩人〟。ガーランドさん、強いとは思っていたけど、ちょっとこれは強すぎない？

「ふん！」

その強さを見て、ついに残った〝刃の狩人〟たちが折れた。

「と、投降する」

その全員が地面へと座り込み、武器を降ろしたのを見て、ガーランドさんが近づいて、そのフードを無理やり外した。すると――

「え？　耳？」

やさぐれた男の頭に、イエラさんたちと同じ獣耳《けものみみ》が生えている。

「そんなバカな」

師匠が驚きの声を上げる。

「誰だお前ら！　俺はお前らのような奴《やつ》は知らないぞ！」

しかし人に戻ったガルドさんが怒りのまま、牙《きば》を剝《む》いた。すると、同じく人の姿に戻ったイエラさんが、冷静に指摘する。

「落ち着きなさい。匂《にお》いが違います」

それを聞いた、ガーランドさんが、男の頭上にある獣耳を摑《つか》んだ。

「ん？　こりゃあ」

ガーランドが引っぱると、あっさりと獣耳が取れて、そのまま塵《ちり》となって消えた。

「偽物か」

「へへへ、バレたら仕方ねえ。俺らは獣人なんかじゃねえよ！　こんな、けだものと一緒にするな」

男がイエラさんたちへと侮蔑の視線を向けた瞬間に、ガーランドさんの拳が叩き込まれた。

「俺の盟友を侮辱するな。お前らも全員その偽耳を外せ！」

ガーランドさんが激怒し、残った〝刃の狩人〟たちが慌てて、フードを外し、耳を千切《ちぎ》った。

「魔術かあるいは、何かで偽物の耳を生やさせたのか」

師匠が冷静に分析する。

そうか。だから襲われた冒険者たちは、獣人の仕業だと証言したんだ。

「クソみたいな手を使いやがって……」

ガーランドさんが怒りでワナワナと手を震わせた。

「だが、これで問題は解決しそうだな」

「ですね！　ガルドさんたちも無実だと証明できますし」

私が明るい声を出すと、イエラさんたちも同意とばかりに頷く。

「こいつらを縛り上げろ！」

ガーランドさんの号令とともに、〝刃の狩人〟が捕縛されていく。

「エリスお姉ちゃん！」

物陰に隠れていた、金髪の少女――ガイド専門の冒険者であるウルちゃんが出てきて、私の胸へと飛び込んでくる。

「ウルちゃん！　よかった無事で」

「ポーション、あったから……。でもどうやってここに？」

不思議そうにするウルちゃんに、私は精霊の力でここまで来たことを伝えた。

「凄《すご》い……精霊ってそんなこともできるんだ」

「うん！　でも、ポーションが役に立ってよかったよ」

「あれ、凄いよ！　ガーランドたちがびっくりするぐらい強くなってたもん！」

ウルちゃんが感心したような声を出して、それにガーランドさんの部下の人たちも同意とばかりに次々と口を開いた。

「いや、マジで凄いぞこれ！　負ける気がしねえ！」

「今なら団長にも勝て――いや無理だな」

「多分今の団長はミノタウロスより強いからな……」

「怪我《けが》もハイポーションほどじゃないが、治っていくしな！」

その言葉で、私はあの新しいポーションが役立ったことをようやく実感できた。

「よし、冒険者街に帰ろう」

こうして無事、〝刃の狩人〟を捕まえた私たちは、師匠の言葉とともに冒険者街へと帰還したのだった。

＊＊＊

冒険者街へと帰る道中。私はウルちゃんから話を聞いていた。

「あの辺りはあいつらがよく出没するから、ガーランドさんの依頼で案内したんだけど、案の定待ち伏せされて……」

ウルちゃんが言うには、〝刃の狩人〟たちは罠《わな》や待ち伏せで毒を使い、冒険者を弱らせてから襲うそうだ。現に彼女たちも突然発生した毒の霧にやられたらしい。

「だがエリス嬢のヒールポーションのおかげで、すぐに動けるようになってな。さらにパワーポーションの力で、負ける気もしなかった！」

前を歩くガーランドさんが白い歯を見せながら、右腕で力こぶを作った。

「ふふふ、役に立ってよかったです」

「〝刃の狩人〟関係なく、冒険者には必須のアイテムになりそうだ。もちろん買えるんだよな？」

ガーランドさんがそう聞いてくるので、私は横にいる師匠へと視線を向けた。それを察して師匠が口を開く。

「残念ながら、まだ試作段階でな。量産するための準備ができていない。だがまあ、ガーランドたちになら優先的に売ってもいいと思っているが、条件がある」

「条件？」

「ああ。ガーランドも知っていると思うが、〝刃の狩人〟は獣人の仕業だと噂《うわさ》されていた。そのせいで、ガルドたちが苦労しているんだ。そこで非公式的にだが、彼ら獣人と、唯一交流があるガーランド旅団とで手を組み、救助隊を設立させたら解決するのではないかとエリスが思い付いてな。だからその協力をしてほしい。それが条件だ」

その言葉にガーランドさんが驚く。無理もない、獣人と冒険者が手を組むなんてこれまでなかったことだからだ。

「それは……面白《おもしろ》いな！　がっはっは！　さすが、エリス嬢は発想が違う！」

ガーランドさんがそう言って、豪快に笑った。

「〝刃の狩人〟が獣人の仕業ではないと捕まえたこいつらに証言させれば、一応問題は解決するんだが、問題は、〝刃の狩人〟がこいつらだけじゃないかもしれないという点だ」

なんて師匠が言い出すので、私は思わず口を挟んでしまう。

「え？　これで解決じゃないんですか？」

「いや、手口や用意周到さからして、こいつらだけでやったとはとても思えない。それにさっき、あいつが言っていただろ？　〝ボスに殺される〟って。つまり〝刃の狩人〟は組織化されていて、かつそれをまとめている黒幕がいる。そいつを何とかしない限り、〝刃の狩人〟による被害は続くんだ」

師匠の説明に私も納得する。確かに、魔導具を用意したり毒を用意したりと、ただの強盗集団にしては手が込んでいる。

「なるほど。つまり俺たちとガルドたちがともにこの表層を警備するような形か。俺たちがいれば駆け付けた時に他の冒険者たちも安心するし、ガルドたちがいれば、この広い表層を駆け回れる」

ガーランドさんが理解したとばかりに笑顔を見せた。

「ただ……ガーランドたちに協力するメリットがない。非公式的な組織となるので、基本的に報酬なんてないし、〝刃の狩人〟や魔物との戦闘もある。もちろん、ポーション類の支給は俺たちが全面的に協力するが」

なんて師匠が言っていると、その肩をガーランドさんがバシバシと叩いた。

「水臭いことを言うな！　盟友であるガルドたちの疑いを晴らせるならいくらでも協力する！　それにエリス嬢たちの頼みならなんでも聞くさ！」

「痛い！　痛いぞ、ガーランド！　パワーポーションが効いているんだから手加減しろ！」

師匠がたまらずそう叫んだのを見て、思わず私は笑ってしまう。

「師匠もヒールポーションを飲んでいるから大丈夫ですよ」

「そういう問題じゃねえ！」

「ガハハ！　すまんすまん！　ガルド、こいつらを街に連れて帰ったら早速、どうやっていくかを話し合おうじゃないか」

「ああ。助かるよ、ガーランド。ありがとう」

ガルドさんとガーランドさんが握手するのを見て、今は難しくても、獣人と人が仲よく手を取り合う未来がきっと来るだろうと思えた。

「冒険者街にそろそろ着くぞ」

師匠がそう言うと、イエラさんとガルドさんが頷いて、狼《オオカミ》の姿になると、丘の向こうへと消えていった。冒険者街で、彼女たちが大手を振って歩ける日が来るのも近いに違いない。

そうして冒険者街へと帰還した私たちは、歓声を持って迎えられた。

無事、捕縛した〝刃の狩人〟の面々を冒険者の館のミリアさんたちに受け渡し、とりあえず今すべきことは終わった。

「師匠、これからどうします？　とりあえず一旦《いったん》上に戻りますか？」

冒険者の館内のテーブルで、ウルちゃんとお茶を飲んでいた私はそう師匠へと声を掛けた。

しかし師匠はここに来てから、ずっと何かを考えているような様子だ。その手には〝刃の狩人〟から押収した、あの例の魔導具があった。

「いや、俺はこれについて聞きたいことがあるから、少し残るよ。エリスは先に帰っててくれるか？」

「あ、はい。それはいいですけど」

「悪いな」

師匠はそう言って、ミリアさんたちによって〝刃の狩人〟が尋問されている奥の部屋へと入っていった。

「どうしたんだろう」

「錬金術師だから、魔導具が気になるのかな？」

ウルちゃんはそう言うけども、私にはもっと何か深刻そうな悩みを抱えているように見えた。なんとなくだけど、師匠は何かを重大な問題があると、一人で抱えるタイプのような気がしていた。

それをなぜか私は少し寂《さび》しく感じてしまう。

美味《おい》しいはずのお茶も、少し苦く感じてしまうほどに。

「あ、そうだ。エリスお姉ちゃん、これ」

ウルちゃんが鞄《かばん》を開けるとそこにはポーションの材料となるメディナ草が詰まっていた。

「いつものやつ。昨日採っておいたから、持って帰って」

「ありがと〜。あの群生地の？」

私は初の迷宮《メイズ》探索の時のことを思い出していた。あの時は大変だったなあ。メディナ草の群生地を見付けたと思ったらそれは大蜘蛛の罠《わな》で……。

「うん。あの辺りも最近は厄介な魔物が多くて、他の冒険者も近づかないから」

「そうなの？　危なくない？」

つまり冒険者が避けるほど危険な場所に、ウルちゃんは私たちのために採取にいってくれているということになる。

「大丈夫。僕一人なら全然平気」

「そうなんだ……凄いなあ」

「えへへ」

私が褒めると、ウルちゃんがはにかんだように笑った。ちっちゃくて可愛《かわい》いウルちゃんだけど、迷宮で暮らしているだけに、きっと私以上に逞《たくま》しいのだろう。見習わないとなあ。

「でもね、エリスお姉ちゃん。少しだけ気になることがあるんだ」

「気になること？」

ウルちゃんが少しだけ言い辛《つら》そうにしているので、私は気にしないで、と話を促した。

「えっとね、エリスお姉ちゃんの考えた、救助隊のことなんだけど」

「うん」

「上手《うま》くいくのかなあって。今回、〝刃の狩人〟に襲われていた僕たちの下に、エリスお姉ちゃんたちが駆け付けたような形が、まさに救助隊の形だと思うんだけど」

「その通りだね。私と師匠じゃなくて、ガーランド旅団のみんながガルドさんたちの背に乗って駆け付けるって感じ」

私がそう説明すると、ウルちゃんが頷いた。

「うん。でもね、今回はエリスお姉ちゃんの精霊の導きのおかげで駆け付けられたけど……獣人とガーランドさんたちだけで、そう上手く救助に向かえるのかなって」

「……ああ」

それは実は私も考えていたことだ。

「一応ね、これを使えないかなあってガルドさんには提案したんだけど」

私は襟元《えりもと》からネックレスにしている狼笛《オオカミぶえ》を取り出した。

それは吹けば獣人たちを呼べるという代物で、もしこれを冒険者たちに配ることができたら、〝刃の狩人〟に襲われたり、魔物に襲われて全滅しそうだったりした時に吹いてもらえれば、駆け付けることができる。

「それだったら問題なさそうだね」

そうウルちゃんも言ってくれるけども……。

「でも、イエラさんが難しいだろうって」

「え？」

「この笛って信頼の証しなんだって。だから、いくらこんな状況でも、誰ともしれない相手には配れないって」

そう言われてしまっては、私もガルドさんには言い出せなかった。ただでさえ濡《ぬ》れ衣《ぎぬ》を着せてきている冒険者相手に、信頼の証しを配ってくれとは言えない。

「そっか……それなら仕方ないね」

「うーん。でもウルちゃんの言うことは間違ってないんだよね。それをどうするかを、考えないと」

「精霊の力でできることなら、きっとエリスお姉ちゃんにもできることだよ」

ウルちゃんがそう言って、天使のような笑顔を向けてくれた。

「ううう……ありがとう、ウルちゃん。よし、帰ったら早速、狼笛に代わる何かを考えてみよう！」

「うん、その調子」

その後、私はウルちゃんと談笑しながらお茶を楽しみ、帰路についたのだった。

結局、その日、師匠が工房へと帰ってくることはなかった。

表層から戻ってきて、数日が経《た》っていた。

「すまん、今日も行ってくる」

「……はーい」

師匠はなぜか迷宮《メイズ》から帰ってきた日から、より深刻そうな表情ばかり浮かべていた。

「またレオンさんのところですか？」

「ああ。じゃあ、留守は任せた」

そう言って、師匠がイソイソと工房から出ていった。

最近師匠は、ミリアさんから依頼されたらしく、魔導具作りに精通している錬金術師のレオンさんと共同で、例の錬金術を無効化する魔導具の分析を行っていた。

分析機器やらなんやらがレオンさんの工房にしかないので、もうここ数日、ずっと師匠は朝に顔出す以外はそちらへとこもっていた。

「むー。朝御飯せっかく作ったのに……」

私は用意していた師匠の分のオムレツをどうしようか少しだけ迷い、結局一人で食べることにした。

「きゅー」

肩にいるクイナが、太るぞ、と警告してくるが無視。こないだメラルダさんとお茶会した時には、もっと食べないと、育たないぞと脅されたのでちょっとぐらい、食べ過ぎてもいいのだ。決して、やけ食いではない。決して。

「最近、師匠ずっと難しい顔してるし……でも何も話さないし」

「きゅう」

「聞けばいいのにって？　まあねえ」

なんとなく、はぐらかされそうな気がするので、余計に聞き辛《づら》い。もしはぐらかされたら、信用されていないって思ってしまいそうで怖かった。

最近、師匠とはいい感じだったのに、この〝刃の狩人〟事件以降、ずっとギクシャクしている気がする。

「なんか、隠している気がするんだよねえ」

女の勘である。でも、根拠は何もない。

「なんだかなあ」

私は手帳のカレンダーを見つめて、ため息をついた。再来週の週明け、〝月の日〟に二重丸がしてあるけども、なんだか一緒にお祝いする気分でもないようで嫌な感じだ。

「よし、お仕事しよう」

私は気を取り直すと、仕事を始めた。当面、新ポーションの生産のために、工房は閉めることにしていた。なので、作業場にこもってひたすら作りながら、同時に狼笛《オオカミぶえ》の代替品を作れないか考えていた。

「うーん。グリムの力を使うにしても、どうしても限定的になっちゃうからなあ」

グリムの導く力は、あくまで私が触ったものや行ったことのある場所に対してだけだ。さらに触ったものに関しても、時間が経つと辿《たど》れなくなってしまう。仮にグリムを使って精霊錬金をしたところで、意味は薄そうだった。

「狼笛のようなものを、安価で大量生産して、冒険者に配ればいいんだけども……」

それはそれでまた難しそうではあった。なんせこの狼笛、実はかなり複雑な作りになっていて、再現できそうにないからだ。

「笛を作ることはできないけど、ガルドさんたちが遠くにいてもその場所や状況が伝わる何かがあればいいのか。うーん、でもそれをどうやればいいか分かんないなあ」

師匠がいれば……とつい思ってしまう。

「きゅー」

私が悩んでいるとなぜかクイナが私の肩から降りて、作業台の上にある、加熱用の魔導具をツンツンとクチバシで突いた。そのあと、ふわりと飛ぶと、今度は壁に埋め込まれている、魔導具に込める魔力の供給元である魔術結晶を突いた。

「ん？　どうしたの？」

「きゅーきゅー」

「ああ！　なるほど、伝播石《プロパゲート》を使えばいいってことか！」

伝播石。それは、今の帝国にはなくてはならないもので、魔力をお互いに送り合う不思議な性質を持った石だ。それを加工して親機と子機に分けることで、魔力を一方向へと送ることができる。

それを応用した、武器に宿る属性変換の核となる属性結晶を作ったことは記憶に新しい。

「そうか、これを使えば上手《うま》くやれそうな気がする！」

例えば、冒険者側が親機を持ち歩き、危なくなったら魔力を込めることで、救助隊側が持つ子機に反応が出て、その状況が分かるようにするとか！

「……いやダメだ」

よく考えると、このアイデアはかなり破綻していることが分かる。

そもそも伝播石には魔力を送れる距離が決まっていて、あの広い表層では使うには範囲が狭すぎる。さらに、仮に魔力を受信したところで、どこにいるのかが分からなければ、意味はない。

「そもそも、伝播石って高いから、冒険者に配るのは無理かも」

百歩譲って、救助隊側が持つのはいいとしても、冒険者に配るためには膨大な資金と素材が必要になる。最近資金に余裕が出てきたうちでもさすがに無理がある。

「あ、しかもこれ、錬金術を使っているから、あの魔導具使われたら壊れちゃうな」

せっかく大枚はたいて渡しても、壊されたら何の意味もなくなる。

「むー」

つまり、冒険者に配るものには錬金術は使えなくて、でも危険な状況であることとその位置を、遠くまで伝える方法を考えないといけないわけだ。

「うー、さすがに今回は無理だよ～」

私は作業台へと突っ伏してしまう。

「どうしよう……はあ……なんか疲れちゃったな」

最近、寝る時間を削ってポーションを生産しているせいで、妙に眠い。

「ちょっとだけ……寝るから……起こ……し……」

私は現実逃避も兼ねて、少しだけ仮眠をすることにしたのだった。

＊＊＊

それは最近よく見る夢だった。

故郷のトート村は、山の中にある小さな村だ。花が咲き乱れる綺麗《きれい》な場所だけど、周囲は森に囲まれていて、魔物も生息している。

今考えれば、なんて不便で危険な場所なんだろうと思う。

そんな村の思い出の一つに、私が幼い頃、まだ母が存命だった時に、森の中で迷子になったことがあった。

昼間なのに薄暗い森の中。

私は病気がちな母のために、一人で森の中へと入り、万病に効くという薬草を探していた。当然、そんな薬草なんてあるわけもなかった。

気が付けばそこは森の奥深くで、周囲から鳥とも動物とも違う、不気味な鳴き声が聞こえてくる。

「お母さん……お父さん……どこ……？　助けて……」

幼い私がうずくまって泣いている。それを見ている私はどうすることもできない。すると、夢の中の私が、首からかけていた小さな金属の板を取り出した。それには、ランプのような紋章が刻まれている。

「お母さん……助けて！」

夢の中の私がぎゅっとその金属板を握り締め、魔力を込めた。すると、その紋章が淡く光り出す。

あれは……。

私はそれがなんだったかを必死に思い出そうとしていると突然、夢が加速する。気付けば、迷子の私は、探しに来ていた父によって抱き締められていた。父の傍《そば》にはグリムの姿があった。

『あれって確か……』

私はそれが何か思い出す前に、目の前の光景が崩れていく。

『待って！』

私は思わず声を出し、父へと手を伸ばした。

「エリス、深層で待っているぞ」

『え？』

「待っている。ともに母さんを救おう」

父が意味の分からないことを喋《しゃべ》ると、突然現れた巨大な鳥の背中へと飛び乗った。その鳥は、どこかで見たことある鳥だけども、それがなんだったかも思い出せない。

『待って！』

そう叫んだ瞬間——夢が黒く塗《ぬ》りつぶされた。

闇《やみ》。

深遠。

そこに佇《たたず》む老人。少年。なぜか父もいて、そして誰《だれ》かの面影を持つ女性がその横にいた。

それが何かも理解できないまま　再びの闇。

暗転。

＊＊＊

「待って！」

私がガバリと起き上がると、そこは工房の作業台だった。

「……夢か」

どうやら仮眠している間に夢を見たようだった。変な夢だった気がするけど、断片的にしか覚えていない。

「あ、そういえばあれ……」

私は唐突に、幼い頃、母に渡されたあの首飾りのことを思い出した。

「そうだ、あれと……グリム。それに迷子のおまじない……」

ゆっくりと記憶を探っていく。

ああ、そうだ。確か、あの首飾りを常に身に着けるように言われていたっけ。それで困ったら魔力を込めろって。

「そうだ……グリムにはその力もあった」

私はグリムを喚《よ》び出すと、加工用の小さな金属板を取り出した。

「グリム、迷子のおまじないって覚えている？　あれって確かグリムがなんかしてたよね」

「くーん！」

グリムがその金属板へと尻尾《しっぽ》を押し付けると、記憶にあったあの紋章と同じ物が刻まれた。

「これだ！　グリムはこれに魔力を込められたら、場所が分かるようになるんだよね？」

そうだ、思い出した。

確か、これはしょっちゅう迷子になる私のために両親が考えてくれたものだ。その当時、まだグリムを召喚することができなかった私のために父が作ってくれたっけ。

身に着けられるものにグリムの紋章を刻むことでそれが印となり、その印に魔力を込めると、その紋章が刻まれたものの場所がグリムには分かるようになる、と父は言っていた。

「これを応用すれば……いけるのでは？」

グリムの力に距離の制限はないはず。ならば、冒険者にグリムの紋章を刻んだアクセサリーを身に着けてもらって、緊急時に魔力を込めれば、位置が分かるはず！

「これなら、冒険者に配る物は簡単でいいし、何より錬金術は使ってないから壊れない！」

我ながら名案だった。あとは救助隊側が持つ道具に、グリムの力を付与すれば、きっといけるはずだ！

「よし、ちょっと色々試してみよう」

先が見えたことで、私はがぜんやる気と元気を取り戻したのだった。

だから、なぜあんな夢を見たのか、なんて疑問をこの時抱くことはなかった。


数日後、ある程度、このアイデアが形になった時。

まるでそれを見ていたと言わんばかりのタイミングで、とある客が訪れた。

「やっほー、エリスちゃん。元気？　どう、今から食事でも？　そのあと、帝都最高級のホテルでお茶でもしようよ。あ、でも皇宮の方がいい？　僕の部屋からの眺めは最高だよ？」

扉を開けた途端、ペラペラと軽薄な言葉を重ねたのは、レザードさん……じゃない皇帝陛下だった。

「また一人ですか？」

「そうだよ。あれ、ジオは？」

「師匠なら、〝刃の狩人〟の件で、別の錬金工房へと行っていますが」

私は若干警戒しながら、そう答えた。

「そっかー。それで、進捗《しんちょく》はどう？　〝刃の狩人〟の一員を捕まえたって話は聞いたよ？　それに新しいポーションも。いや、ほんと凄《すご》いよね、エリスちゃん」

「ええ、まあ」

褒めてくれるのはありがたいけど、この人の前で油断してはならない。

「でも、まあ依然として、〝刃の狩人〟による被害は増えている。獣人《セリアンスロープ》の仕業ではないと、一部の者たちが言い始めているけど、全体から見ればまだまだ。完全に解決するには、まずは獣人たちの完全な潔白の証明と冒険者たちとの関係改善が必要だよ」

陛下がそう言って、カウンターへと座った。

お茶でも出すべきだろうが、陛下に出すほど良い物は置いていない。

「ああ、気遣いはなくて結構。それで、どうするつもりだい？」

陛下がなぜか楽しそうにそう聞いてくるので、私は獣人とガーランド旅団を合わせた救助隊について説明した。

「――これによって、助けられた冒険者も、獣人は味方だと分かります。ガーランド旅団は規模も大きく、他の冒険者たちにも、先の〝蛇風事件《ククルカン》〟の件もあって信頼されていますし」

「なるほど。いや、素晴らしい考えだよ。獣人の機動力も活かせるし、何よりこれから和平を結ぼうとする中で、その協力関係は、獣人と人が手を取り合えるという何よりの証明となる。凄いよ、エリスちゃん」

「ありがとうございます」

陛下が褒めてくれるので調子に乗りそうになるが、今日は師匠がいないので、我慢しないと。

「いや、ほんと、正式にその案を採用したいぐらいだよ。というか、しよう。議会に今度投げてみようかな。これが認められれば、快挙だ、和平交渉に大きく前進する」

「ほんとですか？」

「ただ、致命的な問題がある」

陛下が眼鏡《めがね》の奥で目を細めた。その鋭くなった目付きに、私は思わず息を呑《の》んでしまう。

「も、問題ですか？」

「表層はあまりに広い。巡回するだけでも多少の効果はあるが、無駄が多すぎる。それでは、救助隊としてあまり役目が果たせないのではないか？　公的な組織の運用をするためには、まだまだ粗削りすぎる。せめて、冒険者が危機の際に、すぐに駆け付けられるような仕組みを作らないと」

「なんだ、それだけですか」

私が安堵《あんど》してそう答えるので、陛下が驚く。

「え？　いや大問題だけども」

「はい。あ、でもそれ、多分解決できます」

「へ？」

信じられないといった顔をするので、私は昨日できたばかりのとある魔導具の試作品を取り出した。

「これを使います」

それは、一見すると方角を知るために使う、方位磁石——コンパスと同じ見た目だ。ドーム状のガラス板の内側には指針があり、その針先には小さな火が揺らめいている。

「これは？」

「これは新しく作った魔導具、【導火指針《フレイムガイド》】ですね、グリムという、導きの精霊の力を宿したコンパスです。具体的に言うとコンパスにおける指針の部分を精霊錬金で生成したものです」

「ほう！　なかなかオシャレだな。どう使うんだ？」

私は説明のために、予《あらかじ》めグリムの紋章を刻んだ金属板を加工して作った、簡易の首飾りをカウンターの上に置いた。

「まず、この首飾り……まあ別に指輪でも腕輪でもなんでもいいんですけど、それにグリムの紋章を刻みます。これはもう既に刻んでいますが」

「ほう」

「これを冒険者たちに配ります。彼らが探索中に何か危険な状況になった——例えば〝刃の狩人〟に襲われた時に、この紋章に魔力を込めます」

私がネックレスに魔力を込めた。すると、紋章が仄《ほの》かに光りはじめる。

「おお！」

陛下がいちいち驚いてくれているのに、少し笑ってしまう。演技には見えないので、元々そういう人柄なのだろう。少しだけ親近感が湧《わ》いてしまう。

「すると——ほら」

私が持っていた【導火指針】の針がゆっくりとネックレスの方へと向いて、その先から火が飛び出した。その火がゆっくりとネックレスの方へと飛んでいき、その軌跡が淡く光っている。

「なんと！　首飾りの下へと導いてくれるのか！」

「はい！　【導火指針】自体が複数ある場合も、一番近い位置にある【導火指針】のみが反応するようになっています」

「なるほど、無駄がないようにできているわけか……うーむ、見事だ。これならば、確かに迅速に救助へと向えるな！　素晴らしい！」

陛下が唸《うな》りながら、拍手をしはじめた。

「えへへ。この首飾り自体はただの金属で、一切《いっさい》錬金術を使っていません」

「つまり首飾り自体は例の魔導具で壊れることもないから、問題なく使えるということか。よく考えられている！　よし、これを採用しよう。首飾りとこの魔導具はすぐに生産を開始できるか？」

陛下が乗り気になるので、私は頷《うなず》いた。

「はい。ただし、ネックレスの方は安い金属とはいえ量が必要なので、材料の調達ふくめ費用がかなり大きくなります。さらにこの【導火指針】も元は一点物のコンパスですが、市場に出回っている量産品でも問題ないことは確認済みです。これもどこかの工房に頼んで仕入れる必要があるかと」

「そんなことなら、どうにでもなる。全《すべ》て、僕が手配しよう。もちろん材料費も全て出すし、作ったネックレスと【導火指針】は全て国で買い取る。言い値で売ってくれ」

「いいんですか？」

タダ働きかなあと思っていただけに、太っ腹な陛下の提案に思わず目を輝かせてしまう。

「ふふ、君の笑顔をこうして見られただけで、十分だとも。どうせ僕のお金じゃないし」

なんてことを平然と陛下が言った。やっぱり陛下は陛下だった。

「……ちゃんと材料の方も正規の価格で買ってきてくださいね？　ダメですよ、皇帝特価とかで安く買《か》い叩《たた》いたら」

「あはは、厳命しとくよ。君はうちのメイドみたいなことを言うなあ。きっとウマが合うと思うよ」

「苦労が窺《うかが》えます」

気付けばいつもの口調になっていることに私は驚くも、もう今更な気がしてきた。

「言うねえ」

「すみません。つい」

「いや、こっちの方が僕は楽だし好きだよ？　まあせっかくだから、ゆっくりと今夜ディナーでも」

「それはお断りします」

私がにべもなく断ると、まるで、そう言われると分かっていたとばかりに陛下が肩をすくめた。

「僕のお誘い、断る子少ないんだけどなあ。ほら、僕独身だよ？　まあまあ有能な皇帝だよ？　上手くいけば、皇妃だよ？」

「はあ……そういうの、興味ないです」

皇妃……と言われてもピンと来ないし。

「あはは！　だよね！　ますます好きになった！　ねえねえ、皇宮に錬金工房作るって言ったら、そっちで働いてくれる？」

陛下が笑顔から、真面目《まじめ》な顔へと変化させる。それは多分、冗談ではなく本気で言っているのが分かる。

でも考えるまでもない。

「ありがたいお話ですが……ここが好きですから」

それにエリス工房なのに、私がいないのはおかしいもん。

「そうか。そうだろうね。うん。まあとりあえず一旦《いったん》は諦《あきら》めよう」

案外あっさりと引き下がる陛下。いや、粘られても困るけども。

「でも、うん。話を戻すけど、君のアイデアは素晴らしい。それを実現してしまう力もね。きっとその力はこの帝国のためになる。そう僕は確信している」

「大袈裟《おおげさ》ですよ～」

悪い気はしないけども！

「ま、とにかく僕は早速、材料の手配をしてこよう。君は材料が届き次第順次、生産を開始してほしい。これは僕の勘だけども――〝刃の狩人〟事件はこれからが本番だよ。しっかり準備しておくように」

「分かりました！」

私が元気よく答えると、陛下は機嫌よくそのまま帰っていった。

「ふふふ、師匠帰ってきたら驚くだろうなあ！」

私は師匠が帰ってくるのを待ちながら——その日はポーションとネックレス作りに精を出したのだった。

＊＊＊

一方その頃。

レオンの錬金工房内にある、実験室で、二人の男性——レオンとジオが顔を突き合わせて、一つの魔導具を分解していた。

「ジオ。やはり、これはとんでもない代物だよ。この結晶と緻密すぎる機械部分を見てよ。さすがの僕でもこんなのを見るのは初めてだ」

レオンが魔導具の内部から取り出した部品を見て驚愕《きょうがく》する。帝都の職人でも作れないような、無数の細かい部品によって構成された機械部分。

しかしジオは赤色に染まっている結晶の方をジッと見つめていた。よく見れば、結晶の表面にはびっしりと紋章が刻まれていた。

「誰がこれを、どうやって作ったんだ？」

レオンの疑問に、ジオは答えない。

「明らかに、現代技術を凌駕《りょうが》している。こんなものを〝刃の狩人〟なんていうチンケな奴《やつ》らが作ったとはとても思えないね。奴らはこれについてなんて証言を？」

結晶を見つめたまま、やはり答えようとしないジオの肩を、レオンが拳《こぶし》で軽く小突く。

「ジオ。どうしたんだ、さっきから」

「あ、ああ。すまん。これについては奴らに尋問したが……本人たちもよく分からずに使っていたらしい。ただ、便利だからと与えられたそうだ」

「だろうなあ。問題はそれを与えた奴の正体だよ」

「……奴らは冒険者崩れや盗賊、野盗などと言った裏社会の住人で、どうやらボスと呼ばれる奴に集められ、〝刃の狩人〟を名乗り始めたらしい。目的は冒険者の武器を奪い、集めること。それ以外については、分からないそうだ」

ジオが冒険者街で尋問した〝刃の狩人〟たちの証言を思い出しながら答えた。それ以上のことは何も語らず、本当に知らない様子だった。

結果、そのボスと呼ばれている黒幕が誰で、どんな目的があって冒険者の武器をわざわざ集めているのかは謎《なぞ》だった。

「しかし、これを見る限り……そいつはかなり熟練した腕を持つ錬金術師に違いない。こんなものは帝都のどこを探しても扱っていないし。なら自ら作ったと考えるのが自然だ。それでもこの精緻な機械部分は説明がつかないけど。いや、一つだけあるにはあるが」

レオンはそう言いながらも、その可能性は低いと考えていた。

なぜならそれはいまだに噂《うわさ》でしかなく、また証拠も何もないからだ。

だからそれは迷宮にまつわる、冒険者のよくある妄想だと片付けられていた。

曰《いわ》く――〝迷宮の深層には、現代より遥《はる》かに発展した文明の名残がある〟、と。

だとするとこの黒幕は、深層に辿《たど》り着き、かつそこで得た技術を応用する力を持っているということだ。

「俺たちの知らないところで技術を磨いた、途方もない錬金術師による仕業としか思えない」

「そうだな……それは同意するよ。だが……」

ジオはそれ以上を口にせず、沈黙する。

「錬金術を無効化する力。そんな、【固有錬金術】のような力を魔導具で再現するなんて規格外過ぎる。ある意味、エリスちゃんの【精霊錬金】に迫るような力だ。無名な錬金術師であるはずがない」

レオンがそう言って、ジオの様子を窺った。その顔にはなぜか、困惑と悲しみの感情が浮かんでいるように見えた。

彼は、さっきからこの友人の様子がおかしいことに気付いていた。

「なあジオ。この錬金術無効の力って……」

レオンがそう聞くと、ジオが首を横に振った。

「ありえない。あいつはもう……死んだんだ」

「まだ何も言っていないんだけど？」

レオンが鋭い目線をジオへと向けた。

「言っているのと一緒だ。あいつの仕業だって考えるのも無理はない。確かにこれは、いかにもあいつ好みの魔導具だよ。だけどもう……死んだ。死んだんだ」

ジオの顔には何の表情も浮かんでいない。だからこそ、長年の付き合いであるレオンは知っている。

こいつ、また無理をしているな、と。

「ジオ。あの【固有錬金術】がそう簡単に真似《まね》できるとは思えない。それに、まだ死んだと決まったわけではないのだろ？　彼女が深層に辿り着いていても不思議ではない。だったら――」

しかしレオンの言葉の途中で、ジオが苛立った様子でそれを遮《さえぎ》る。

「やめろ。ありえない話を続けるのはあまりに無意味だ。今俺たちがすべきことは、どうすればこれを無効化できるかだろ？」

そう言われてしまっては、レオンも言葉を返せない。

「誰が作ったかなんてのは、後でいい。まずは原理を解明しないと。俺はこの結晶の分析をやるから、そっちの機械部分は任せたぞ」

ジオがそう言いながら慎重に結晶を取り外し、分析用の器具が置いてある作業台へと移動した。

その背中には、これ以上何も言うなという言葉が貼《は》り付けてあるようにレオンには見えた。

「はあ……分かったよ」

その言葉を機に、レオンは黙々と作業を開始した。

その魔導具を作った者の正体が誰か、いっそ分からなければいいのにと願いながら。

第六話　二人のすれ違い

皇帝陛下の許可を得てから、もう一週間が経《た》った。

陛下の仕事はさすがと言うべきか、迅速だった。

「エリス様、お届けものです」

「魔導具用の材料をお持ちしました」

次々と届く素材や材料に、私は陛下の本気を見た。しかしそれとは裏腹に、なぜか師匠は妙に冷めていた。陛下に褒められ、救助隊設立の許可を得たことも、【導火指針《フレイムガイド》】を作ったことも、喜び勇んで報告しても、〝そうか〟、だけで済ませたほどだ。

その後も、〝俺《おれ》は魔導具解析に忙しいから、エリスに任せる〟、とだけ言って、それ以上は何も口出しをしてこなかった。

もちろん内心穏やかではないけども、師匠はいつになく疲れた顔をしていたので、私は何も言えなかった。

師匠は私の想像以上に忙しいのか、ひげ剃《そ》りができていないせいで無精髭《ぶしょうひげ》が生えていて、何より、毎日酒の匂《にお》いがした。

そんなこんなで、私はポーション作りとネックレス、それに【導火指針】作りに忙しくて、ここ一週間ほど、ろくに師匠と会話をしていない。

「師匠～材料を置く場所がないです～」

だから本当はどうすればいいか分かっていながらも、作業場で師匠へと泣きついた。会話のきっかけになるなら何でも良かった。

「裏庭に置いておけばいいだろ？　劣化しそうなものだけ中に入れておけばいい」

「そうですね！　ところで師匠、明後日《あさって》の〝月の日〟ですけど、予定空けてくれていますよね？」

私がさりげなくそう聞くも、師匠は何の話だ？　とばかりに眉《まゆ》をひそめた。

「予定？　しばらくはレオンの工房にこもりきりになると言っただろ？　ようやくあの錬金術を無効化する力を防げる魔導具が完成しそうで、今まさに佳境なんだよ」

「あ、いやそうなんですけどね！　たまにはちょっと気分転換にと！　最近、行っていないじゃないですか、〝跳《は》ねる子狐亭《こぎつねてい》〟」

無理やり笑顔を作って、そう提案する。

「お互い、そんな暇はないだろう？　全部終わってからでいいじゃないか」

「そういうわけにもいかなくて！」

「何がだ？」

「あ、いや……えーっと。とにかく、空けといてくださいね！　話したいこともいっぱいありますし！　あ、そうだ！　今日のお昼は珍しく師匠がいるので、師匠が好きなベーコンステーキのチーズかけを作ろうと思ってまして！」

もうこうなったら正面突破だとばかりに、そう伝えた。すると師匠が一瞬、迷うような表情を見せる。それから少し間を置いて、何かを言おうと口を開いた。

「エリス、実はちょっと俺も、話――」

そんな師匠の言葉と同時に、間の悪いことに店舗の扉が開いて、誰《だれ》かが入ってくるのが見えた。

「エリスちゃん、進捗はどう？　少し確認事項があるんだけども。お昼でも食べながら打ち合わせなんてどうだい？」

なんて声が響いてくる。だから、師匠はいつもよりも無愛想な感じで店舗の方へと顎を向けた。

「ほら、陛下が来たぞ。さっさと行ってこい」

「あ、いやでも師匠！　今日はお昼一緒に食べようって――」

「陛下を待たせるな」

師匠がこちらに顔を向けずにそう言い放った。

私は少しだけ落ち込みながら、小さく返事するほかなかった。

「……はい」

私は師匠を置き去り、店舗の方へと移動する。

師匠は何を悩んでいるのだろうか。

何を焦《あせ》っているのだろうか。

「なんで……私に相談してくれないのかな」

自分が未熟だからだろうか。

そう言われると、何も言い返せない。師匠とは、よい関係を築けてきたはずだったのに。

「なんだか、会った頃に逆戻りしたみたい」

「きゅー」

クイナが私の顔を見て、悲しそうな声を出す。

「ごめんごめん。うん、こんな顔をしていたら陛下を心配させてしまうね。大丈夫！」

私は気合いを入れ直し、店舗スペースへと入っていく。

いつもの眼鏡《めがね》を掛けた陛下がニコニコと笑顔を浮かべたまま、立っていた。

「エリスちゃん、ついに国が動くぞ！　まだ発表されていないが、〝刃の狩人〟事件のゴタゴタが全部解決したら、正式に獣人《セリアンスロープ》連合国と和平を結ぶことが決定したぞ！　それに合わせて、救助隊を公的な組織として認める手筈《てはず》も整った。どうだ？　なかなか凄いだろ？」

まるで親に褒められるのを待っている子どもみたいに報告する陛下を見て、私は顔が緩んでしまう。

「あはは、さすが陛下ですね。でも、ちょっと材料一気に送りすぎです！　いくら材料があっても、動けるのは私一人ですから」

「おっと、すまんすまん。調達部にはそう厳命しておくよ。ところでどうだい、お昼でも」

「あ、いや、でも」

私が断ろうとすると、作業場の方から師匠が出てきた。

「皇帝陛下、ご無沙汰しております」

「ジオ！　いやあ君の弟子は本当に優秀だね。君の薫陶のおかげなのはもちろん分かっている。例の魔導具の解析、進んでいると聞いたよ」

「え、ええ。エリス、せっかくのお誘いだ。陛下とご一緒してきなさい。ちゃんとした服に着替えるように」

「でも……」

「じゃあ、少しエリスちゃんを借りるね。さあ、行こう！　美味《おい》しい〝角ヒラメ〟のソテーを出す店があるんだ！　普段は周りがうるさくてこういう時じゃないと行けなくてね」

私が迷う素振りを見せるも、師匠は首を小さく振って否定する。

「……分かりました。すぐに着替えてくるので、少々お待ちを！」

「ゆっくりで構わないよ。その間に、ジオと例の魔導具の話もしたいしね」

「は、はい！」

私は慌てて二階へと向かった。

結局、どの服にするか迷いに迷って、さらに髪を梳《と》かして化粧をし直して、なんてやっているうちに時間がかなり過ぎてしまった。

「すみません！　お待たせしました！」

私が店舗に戻ると、なぜか師匠はおらず、陛下だけがカウンターに座っていた。

「あれ？　師匠は？」

「僕の話を聞いて、慌ててレオン君の工房へと向かったよ」

陛下が肩をすくめて、そう答えた。

「例の魔導具のことですか？」

「だね。さ、行こうか。うん、その服も可愛《かわい》いね」

「ありがとうございます！」

少しだけ、本当にこれで良かったのだろうかと思いながら、私は陛下に連れられて昼食をとるために出掛けたのだった。

〝角ヒラメ〟のソテーは確かに美味しかったけども、なぜかちっとも楽しくはなかった。

結局その昼食会は、私の中で〝跳ねる子狐亭〟に師匠と一緒に行きたい気持ちをさらに募らせただけで終わったのだった。

＊＊＊

二日後。

師匠は目に見えてやつれてきていた。何度も、どうしたのですか、と聞いても、何も答えてくれなかった。

だからもう、私はなり振り構わずにいくことにした。

「師匠！　〝跳ねる子狐亭〟に行きますよ」

「またその話か。明日もお互い早いだろ？　全部終わってからにしよう」

師匠が疲れた声でそう私の誘いを否定する。しかし、ここで引き下がるわけにはいかない。

「ダメです！　今日じゃないと！」

「我《わ》が儘《まま》を言うなよ。一仕事終わってからの方が酒は美味《うま》いぞ？」

「毎日飲んでいる師匠が何を言っているのですか」

「いや、それは……レオンが」

師匠が視線を逸《そ》らした。

「別に、いいんですけどね。でも、今日じゃないとダメなんですよ。師匠、まさか忘れているんですか」

私がそう聞くと、師匠はそれが何を意味するのか分からず、首を傾《かし》げた。

「なんかあったか？」

「はあ……もう本当に。今日は——師匠のお誕生日ですよ！」

私が呆《あき》れた口調でそう伝えると、師匠は一瞬考え、そしてばつが悪いのか、ポリポリと頬《ほお》を掻《か》いた。

「あー」

「忘れていましたね」

「いや、この年になるとだな……」

「これで、全部終わったあとじゃダメだって分かりましたか？　それにもう店は予約済みです。さあ、ほら行きますよ！」

私は師匠の背中を、扉の方へと押していく。

「分かった分かった！　だから押すな」

「今日は私の奢《おご》りですから！　好きなだけ飲んで食べてください！」

そうして私たちは、久々に〝跳ねる子狐亭〟へとやってきた。

通されたのは、いつものあの窓際の席だ。

「じゃあお願いします！」

私はあらかじめお店の人と打ち合わせをしていて、料理はある程度もう頼んであった。

次々と美味しそうな料理が運ばれてきて、普段飲むものより、少し高めのワインを注文する。

「じゃあ、師匠、お誕生日おめでとうございます！」

「やめてくれ、もうこの年でそういうことを祝われるのは逆に恥ずかしい」

師匠が少し照れながらそう言いつつも、私と合わせて、微発泡している赤ワインの入ったグラスを掲げた。

「うーん、美味しい！」

「ああ」

師匠は少し口をつけるだけ、すぐにグラスを置いた。その様子を見ながら、私は小さな袋を取り出した。リボンで口を縛ってあるそれを師匠へと渡した。

「プレゼントです！」

「おいおい、さすがにもうそんな子どもじゃないぞ」

「ただの気持ちですから。ほら、開けてみてください」

私に催促されて、師匠がその袋を開けた。その中から出てきたのは、銀色で長方形の小さな金属性の箱だった。その表面には、ランプの形をしたグリムの紋章が刻まれている。

「これは？」

「煙草《たばこ》用の着火具ですよ。サラマンを使った精霊錬金で作ったので、燃料も要りません。さらにグリムの紋章も刻んであるので、もし迷宮《メイズ》でピンチになっても安心です」

「おお、ありがとう、エリス。大事に使わせてもらうよ」

師匠がそれをポケットの中へと入れた。

「はい！　実は何にするか悩んだのですけど、師匠の年齢の男性が何を貰《もら》うと喜ぶか分からなくて……レオンさんは忙しいし、誰にも相談できなかったんですけど……陛下が、普段使いしている道具がいいと教えてくださって」

私がそう言った瞬間、少しだけ師匠の表情が硬くなる。

「陛下が、ね。それはまた恐れ多いな。陛下があぁいう感じだから、エリスも合わせているのかもしれないが……あの人が皇帝陛下であることを忘れるなよ」

「……はい。すみません」

なぜか師匠に叱られてしまった。

「まあでも気持ちは嬉《うれ》しいよ。最近、煙草を吸う量が増えて、いつも使っているやつが壊れかけていてな。新調しないといけないなって思っていたところだ」

「それはよかったです。でも、師匠。なぜ、最近そんなに忙しいんですか？　そんなにあの魔導具の解析が大変なんですか？」

私はワインを飲みながら、師匠へとそう問うた。楽しい誕生日会なので、仕事の話はしたくはない。でも、わだかまりを残したまま料理や酒を楽しめるとは思えなかった。

「……まあそんなところだ」

「あと、ちゃんと寝ていますか？　ご飯も食べている様子ないですし……」

「まるで母親みたいだな。忙しいから仕方ない」

ワインにも食事にも手をつけない師匠。私は、このままこの話は流してしまおうかと思った。でもそれだと、昨日までと何も変わらない。

だから、もう少しだけ踏み込むことにした。

「師匠。最近、ずっと様子がおかしいですよ。忙しいだけでは説明がつかないぐらい。何かあったんですか？」

「何もない」

師匠が視線を窓の方へと向けながらそう言い放った。

「嘘《うそ》ですね。師匠は嘘が下手くそです」

「嘘じゃない。ちょっと慣れないことをしていて忙しいだけだ。そういうエリスだって忙しいだろ？　さっさと食べて帰ろう」

「私はちゃんと寝てますし、ご飯も食べています。それに仕事のことは全《すべ》て報告しています。でも師匠からは一切《いっさい》ないですよ」

「別に、全部話す義務はない」

師匠が不満そうにそう答えた。

「ないですけど。でも心配しているんです」

「エリスには関係ない」

「工房にも関係することなら、私にも関係があります」

「工房にも関係ない。俺だけの問題だ。もうこの話はやめよう」

師匠が力なく首を横に振った。これ以上聞いたら、きっと師匠は怒る。

それでも聞かざるを得なかった。

「師匠。師匠は何をそんなに悩んでいるのですか、何をそんなに恐れているのですか」

私がまっすぐに師匠の目を見つめて、そう問うた。

間違いない。師匠は、私が何かを知ることを恐れている。だから、話そうとしないし、避けようとしている。

「なんの話だ。こっちにはこっちの苦労があるんだよ。陛下と楽しくやってるお前には分からないだろうがな」

師匠が怒りの交じった口調でそう私を責めた。

「陛下は関係ないです！　分からないから、こうして分かろうとしているんですよ？」

なぜここで、陛下の話なんてするんだろうか。

分からない。私には師匠の気持ちが分からない。

だから、悲しい気持ちが溢《あふ》れてくる。

こんなに、心配しているのに。

「師匠のバカ」

そんな私の顔を見たせいだろうか。

師匠が立ち上がった。

「……すまん」

それだけを言い残して――師匠が私へと背を向けた。

その背に掛けるべき言葉が出てこない。

出てくるのは、涙だけだった。

視界が涙で滲《にじ》むなかで、お店の扉が閉まる音が虚しく響く。

テーブルの上に、手付かずの料理とワインだけが残っていた。


その日を境に――師匠は私の前から姿を消したのだった。

ただ、一枚の短い手紙だけを残して。

『気掛かりがあるから、しばらく迷宮へと潜る。工房は閉めてくれて構わない。すまん――ジオ』

第七話　師匠を探して

師匠が失踪してから数日が経《た》った。

「師匠……」

師匠はなぜ何も言わず一人で迷宮《メイズ》へと潜ったのか。

なぜ何も話してくれないのか。

そんなことを何度も、何度も考えながらも、私はポーション各種や【導火指針《フレイムガイド》】とそれに付属するネックレスの納品に追われていた。こちらの勝手な都合で遅らせるわけにもいかず、私は寝る間も惜しんで作業を行った。

結果、これらはすぐにガルドさんたちに支給され、今表層で大いに役立っているという話を間接的に聞いた。

それでも、あまり喜びは湧《わ》いてこない。

考えるのは師匠のことばかり。

師匠だって子どもではない。自分の行動に責任ぐらい取れるし、私が心配する必要はない。

そう頭では分かっていても、心が追い付かない。

「師匠……いつ帰ってくるんですか……」

独りっきりの工房はやけに広く感じてしまう。励ますようにクイナがいつもよりも元気そうに鳴くも、私は軽くその頭を撫《な》でるだけだった。

「何かあったのかな」

冒険者と違って、錬金術師が迷宮に長く潜ることはあまりないと言っていたのは師匠だ。なのに、師匠がいなくなってもう三日以上が経過している。

「納品も一段落したけど……」

次の納品まではかなり余裕がある。

それはつまり、時間ができたということであり、余計に師匠のことを考えてしまう。

「よし、ちょっと気分転換に散歩しよう」

私は工房を閉めて外に出ると、気の向くままに歩き始めた。さすが、一年の中で一番気候がいい季節だと言われるだけに、空から降《ふ》り注《そそ》ぐ柔らかい日差しと、爽《さわ》やかな風が気分を軽《かろ》やかにしてくれる。

それでも、私の心は晴れなかった。

「はあ……」

路地を抜け、大通りへと入る。冒険者たちが集まる大通りはさすがの活気だった。

歩いていると、ポーションなどの薬品を売っている屋台で店主と客の会話が聞こえてくる。

「エリス工房製の万能薬、お一人様二本まで！」

「ハイポーションはないのか？」

「ないんですよ〜」

ハイポーションはうちで買ってくださいね！　と心の中で声を掛けて、横を通り過ぎる。

万能薬に関しては需要が多すぎて、うちの工房だけでは対応できないので、レオンさんの工房を中心に、いくつかの錬金工房に仕上げを委託している。

そのおかげで、こうして私の手を離れた場所で売られているのだけど、知っているとはいえ、こうして間近で見るとなんだか、こそばゆい。

少しだけ元気が出てくるも、すぐに師匠の声が恋しくなる。

やっぱり出てくるのはため息だけだった。

正直どうすればいいか、全然分からなかった。師匠の向かった先が迷宮でなければ、すぐに探しに行くのだけども……。

「まだ見習いだから、一人では迷宮に入れないし……どうしよう」

これもまた何度も自問してきたことだ。錬金術師見習いでしかない私は、師匠を探しにすらいけないのだ。

「師匠がいないと私、何もできないな」

分かりきっていたことを、今更口にする。

そうやって、私はフラフラと街を彷徨《さまよ》っていた。

だからそれは無意識のうちの行動だったかもしれない。

私は気付けば、とある酒場の前に立っていた。

「ここは」

見上げると、酒場の看板には赤い竜の紋章。

そこは、Sランクギルド【赤《あか》き翼《つばさ》】の拠点だった。

そういえば、いつか師匠に言わずに迷宮へと潜った時のことを思い出す。

「あれ、エリスじゃない。どうしたの?」

入り口で突っ立っている私を見て、そう声を掛けてきたのは、紫の素敵なワンピースドレスを纏《まと》った美女――この【赤き翼】に所属する魔術師であるメラルダさんだった。

「メラルダさん!」

その姿を見て、なぜか涙が込み上がってくる。

「こっちおいで――はい、男どもはみんな出ていきなさい。もうそろそろ迷宮に行く時間でしょ?」

メラルダさんが泣きそうになっている私の姿を見て、酒場に残っていたギルドの人たちを追い出していく。

「すみません、突然……ごめんなさい」

私が頭を下げると、頭に柔らかい感触。メラルダさんが両手を私の背中へと回し、優しく抱き締めてくれた。メラルダさんの胸の中は温かくて、なぜだかちょっとだけ母のことを思い出した。

「大丈夫。中でホットチョコレートでも飲みましょ」

メラルダさんの優しい声に、私は無言で頷《うなず》く。

中へと案内された私は椅子《いす》に座らされて、そこでしばらく待っていると、甘い香りが漂ってくる。

「はい、どうぞ。私お手製のホットチョコレートよ」

メラルダさんが笑顔で渡してくれたのは、茶色の液体の入ったマグカップだった。チョコの良い匂《にお》いが私の鼻をくすぐる。

その香りに釣られて口をつけると、優しい甘い味が口いっぱいに広がった。

「美味《おい》しい……！」

「でしょ？　実は隠し味に少しだけブランデーを入れているのよ」

「へえ！　今度やってみよ！」

なんて言っている私を見て、メラルダさんが微笑《ほほえ》む。

「ふふふ、すっかり元気になったわね」

「あ、いや……えっと」

さっきまで泣きそうだったことがなんだか恥ずかしくなってきた。ホットチョコレレートで元気になるなんて、まるで食いしん坊みたい。

「甘い物には、女の子を元気にする魔力が込められているのよ」

「まるで魔女みたいな言葉ですね」

そんな言葉を聞いて、メラルダさんが私へとウインクする。

「私、魔女ですもの」

あーもう！　私が男だったら間違いなく惚《ほ》れてるよ！

「それで？　どうしたの。師匠と喧嘩《けんか》でもした？」

す、鋭い。

「えっと、まあそんな感じで」

「はいはい、じゃあ話を聞いてあげるわ」

そんな軽い調子で、メラルダさんが言うので、私が事のあらましを説明しているうちに、彼女の顔色から表情が消えていく。

「は？　なにそれ？」

「えっと……だから、私を残して店を出ていって、手紙だけ残して失踪しました」

「あいつ、ばっかじゃないの？　自分の誕生日を祝ってくれた子になんてことを！　ええい、今から探しにいくわよ！　極大魔術をその脳髄に叩《たた》き込《こ》んでやる！」

メラルダさん、滅茶苦茶怒ってる？

「あ、いや、それが、どうも師匠は迷宮に行ったみたいで……それで探しにもいけなくて」

「なんで錬金術師一人で迷宮になんか行くのよ」

信じられないとばかりの声を出すメラルダさん。

「分かりません。でも何かずっと思い悩んでいるようでした。もしかしたら、それに関係しているのかもしれません」

私がそう言うと、メラルダさんが腕を組み、何かを考え始めた。

「まあ……何か理由があるのだろうけども、何も言わず出ていくなんてまったく擁護できないわね。誰《だれ》か、迷宮に行った理由を知ってそうな相手はいない？」

「うーん……」

それはずっと考えていたことだ。だけどもパッとは思い浮かばない。

「何か、きっかけがあるはずよ。最近、何か変わったことしていなかった？」

「そうですね……最近はずっとレオンさんの工房にこもりっきりだったので。とある魔導具の解析をするためなんですけど」

「なら、そのレオンとやらに聞いてみればいいじゃない」

「……ほんとだ」

なぜか全くその考えに思い付かなかった。そうだ、レオンさんならきっと何か知っているかもしれない！

「メラルダさんありがとうございます！　早速レオンさんに聞いてみます！　それでは！」

私は急いでレオンさんの工房に向かうべく立ち上がった。

「え、あ、ちょっと！」

「ホットチョコレートごちそうさまでした！　このお礼はまたいずれ！」

私はメラルダさんを置いて、外へと飛び出した。

そうだ。師匠はあの魔導具に関《かか》わった辺りから、様子がおかしくなったんだった。

だったら、きっとアレに何か秘密があるに違いない！

「なんでそんなことに気付かないんだろ！　私のばか！」

私はクイナの力を使って飛翔《ひしょう》。行儀よく道を走るのは止めた。

風、浮遊感。

私はあっという間に帝都に連なる建物の屋根へと着地すると、レオンさんの工房を目指し、最短経路で向かったのだった。

＊＊＊

レオンさんの工房は、帝都の西部にあった。近くには工場や工房が軒を連ね、煙突屋根から、魔力による燃焼の証しである、緑色の煙が立ちのぼっている。

その中でも、やけにオシャレな外観の工房に、〝エルハルト錬金工房〟という看板が掲げられていた。エルハルトと言えばレオンさんの家名で、確か工房の名前は、その主《あるじ》が男性の場合は家名をつけるのが一般的だと師匠が言っていた。

「きっとあれだ！」

私は屋根から工房の前へと降りると、入り口らしき扉についているノッカーを叩いた。すると、澄んだ鐘のような音が響き渡る。

なにこれ、すごいオシャレだ！

しばらく待っていると扉が開き、出てきたのはやはりレオンさんだった。

「おや？　エリスちゃんじゃないか。どうしたんだい」

「あ、いえ、ちょっと師匠について聞きたいことがありまして」

「……うん、まあとりあえず入ってよ」

レオンさんがいつものちょっと胡散臭《うさんくさ》い笑みではなく、真剣な表情で頷くと、中へと入れてくれた。

他の人の錬金工房に入るのは初めてだけど、レオンさんの工房はなんだか鉄と油の匂いが濃くて、うちと違って店舗スペースがなく、シンプルな作りだった。奥に見える作業場には数人の男性が何かを組み立てている。

「そんなに珍しいかい」

キョロキョロしていた私を見て、レオンさんが微笑む。

「あ、はい！　うちとは違うんだなあって」

「そうだね。この工房は基本的に新規のお客さんに何かを売るってことはほとんどないからね。ポーション類ではなくて魔導具がメインだから。卸す先は決まっているし、個別注文もほとんどが知り合いからだ」

「だから、店舗スペースがいらないんですね」

それなら納得だ。

「僕は父からここを受け継いだけども、個人的にはエリスちゃんの工房の方が好きなんだけどね。あそこは温かく居心地がいい。間違いなくジオだけならそうはならなかった。マリアさんがいた頃とはまた違う雰囲気だ」

レオンさんが前を進んでいく。背中しか見えないので、どんな表情を浮かべているかは分からない。

「ああ、お師匠様が存命だった頃はどんな感じだったんですか？」

「そうだなあ、強いて言えば活気溢《あふ》れる酒場かな……あはは、色々思い出すよ」

おかしそうに笑うレオンさんが私へと振り返った。

「マリアさんって男みたいに笑うし、男より男らしい人だったんだ。酒も好きでね。よく用もなく呼び出されて酒に付き合わされたよ。でも誰よりもあの人は乙女だったな」

「へえ！　もしかしてレオンさんって、お師匠様のことが好きだったんじゃないですか？」

私はなんとなくそんな気がして、聞いてみた。すると、レオンさんが曖昧な笑みを浮かべ、再び前を向いた。

「さてね。もう忘れちゃったよ。さ、ここに入って」

そう言って通された先は、応接間だった。

「そこに座って。お茶でいいかい？　ワインもあるけど」

私はレオンさんが示した先にあった革張りのソファへと座る。

「お茶で大丈夫です」

「少し待ってて」

そんな言葉とともに、部屋の隅にある小さなキッチンでお茶を淹《い》れはじめたレオンさん。そのあと私の前へと芳醇《ほうじゅん》な匂いのするお茶の入ったカップを置いた。

「それで？　今日はどうしたんだい？　まあ……大体想像はつくんだけどね」

「実は――」

師匠が失踪したことを話すと、レオンさんが小さくため息をついた。

「やっぱりか。あのバカ……」

「心当たりがあるんですか」

「ああ。そしてどこに行ったかも多分、分かる」

レオンさんの疲れたような口調。やはりあの魔導具絡みで何かあったんだ。

「教えてください。一体、師匠は何を悩み、そして何を解決しようと迷宮に向かったのでしょうか」

私が前のめりになってそう聞くも、レオンさんはすぐには答えない。まだ、どこか躊躇《ためら》いがあるような印象だ。

「どこから話したものか……。現物を見てもらった方が早いかもしれないな。ちょっと取ってくるから、待っててくれ」

レオンさんが応接間から出ていき、しばらくしてから帰って来たとき、その手にはあの〝刃の狩人〟が使っていた筒状の魔導具があった。

彼がそれをテーブルの上に置き、口を開く。

「僕とジオはこいつの解析をしていたのは知っているだろう？　その結果、色々なことが判明した。正式名称は不明だけど、僕らはこれを仮に、【錬金解除装置】と名付けた。味気ない名前だが、分かりやすいだろ？」

「はい」

「うん。それで、こいつなんだけど、明らかに帝都で作られたものではないことが分かった」

「……へ？」

「これを見てくれ」

レオンさんが、その【錬金解除装置】を私の目の前で分解していく。すると中には見たことのないほどに細かい部品で構成された機械が詰まっていた。それは中心にある赤色の結晶へと接続されていて、その表面には紋章がびっしりと刻まれている。

「凄《すご》い……こんな魔導具見たことないです」

「僕もだよ。はっきり言って、これは帝都一の魔導具職人だと自負する僕ですらも再現不可能な代物だ」

「では、誰がこれを」

「それが問題でね。この部品は間違いなく、迷宮の深層から発掘されたものだ。それを魔導具に改造したのか、元から魔導具だったのかは分からないが、おそらく後者だ。この真ん中の結晶との接続に、不自然な点が多いからね」

「待ってください。深層から発掘されたものってどういう意味ですか？」

なぜ、迷宮の深層に魔導具があるのか。

「ああ、エリスちゃんは知らないか。昔からある迷宮にまつわる噂《うわさ》話の一つさ。深層には、今の人類を遥《はる》かに凌駕《りょうが》する技術を持った文明がある……あるいはあった。だから、その名残が遺産として見付かる、とね」

「初めて聞きました」

「だろうね。なんせ、証拠も何もない噂話だからね。公式の記録では、深層まで辿り着き、生還した冒険者は極一部だ。だから、深層については謎《なぞ》が多い」

「だとしたら、なぜこれが深層で発掘されたものだと分かるのです？」

「それについては、後で説明する。とにかくこの装置は再現不可能だけども、その機能は分かる。こいつはこの中央にある結晶に込められた力を増幅し、光として放つ。ただそれだけ」

「力を増幅し、光として放つ……つまり、錬金術を無効化する力をってことですね」

〝刃の狩人〟がこれを使った時のことを思い出す。確かにこの筒から光が放たれて、それを浴びたポーションがただの水になった。

「その通り。だから次にこの結晶についてジオが調べたのだけども……」

そこでレオンさんは口を閉じた。

「それで、何が分かったんですか」

「この結晶自体は、さほど珍しいものではないんだ。よくある魔力を溜《た》める性質のもので、伝播石《プロパゲート》と似たような特徴がある。ただしこれは魔力を送ることはなく、ただ周囲に拡散するだけだ。まあ正直言えば、これ単品だとあまり意味のない代物だね」

あまり意味のない、魔力を溜めるだけの結晶。でも確かにそれには錬金術を無効化する効果があった。ならば、

「結論から言うと、この結晶には錬金術が無効化する力が込められていた。それをこの機械部分に

よって光として周囲に放つことで、本来なら漫然と周囲に拡散されるだけのその力が増幅されたんだ」

「つまり、結晶本体にその力を込めた人がいるってことですよね」

「それが問題でね。この結晶を見てくれ。表面に紋章が刻まれてあるだろ？　これは紋章術と呼ばれる特殊な魔術の一種でね。紋章をつけることによって力を付与するやり方だ。それが過剰なほどに施されている」

「紋章によって力をって……あっ」

私は、ポーチの中から、グリムの紋章が刻まれたネックレスを取り出した。

「これもそうですよね」

「そうだね。見たことのない紋章だけど……」

レオンさんが不思議そうに首を傾《かし》げるので、私はネックレスについて説明する。

「へえ！　精霊の力もそうやって付与できるのか……凄いな」

「ただ、効果はさほど強くないですよ。でもこの結晶は……」

いっそ、偏執的とも言えるほどに細かく紋章が刻まれている。

「異常なほどに刻まれた紋章。込められた力。これから分かることは、この魔導具を作った者は錬金術を無効化する力を本人あるいは協力者が持っていて、かつそれを紋章として刻めるほどの知識と技術がある」

「そうですね。錬金術を無効化する効果なんて自然には発生しないでしょうし」

「そう。錬金術を無効化するなんてのは、かなり珍しい力なんだ。唯一無二と言ってもいい。そして、僕もジオもその力の持ち主に心当たりがある」

その言葉に驚く。そこまで分かっているなら、話は早い。

「それは誰なんですか」

「そこで、さっき言った話に戻るんだよ。この魔導具は深層で発掘されたものだと分かる理由。この魔導具を作った人物は、錬金術を無効化する力を持っていて、紋章術が扱えるほどの知識があり、かつ――深層に辿り着いたかもしれない者だ。それに該当するのは……僕らが知る限り一人しかない」

レオンさんが勿体ぶった言い方をするので、私は待ちきれずにもう一度問うた。

「だからそれは誰なんですか」

「君も知っている人物だよ」

レオンさんがまっすぐに私を見つめた。

「……え？」

私が知っている人？　いや、でも全く覚えがない。錬金術を無効化できてかつ深層に辿り着いた人なんて、私は知らない。

「エリスちゃんは会ったことはないさ。そもそも、おかしな話なんだ。深層に辿り着いた者はほとんどいないってさっき言ったろ？　正確に言えば辿り着いたかもしれないけど、無事に帰還できた者はほとんどいない、なんだけども。この魔導具はそれを真っ向から否定する。まるで、死者が蘇《よみがえ》ってきたような薄気味悪さだ」

「死者……まさか」

私が知っていて、でも会ってなくて、深層……つまり迷宮で亡くなった人。

師匠の悩み。一人で迷宮に向かった理由。

全《すべ》てが、私の中で繋《つな》がった。

「その正体は……マリアさんですか」

私がその名前を口に出すと、レオンさんがいつか見た師匠と同じ悲痛そうな表情を浮かべた。

「その通りだ。マリアさんは、数年前に迷宮で行方《ゆくえ》不明になった。同行していた冒険者によると、未知の魔物に襲われたそうだ。間違いなく死んだと証言しているが、死体は見付かっていない」

「つまり、実はマリアさんは生きていて、しかも深層へと辿り着いたと」

「それしか考えられない。マリアさんは【錬成斬り】なんて名前の固有錬金術を所有していた。冒険者であり、錬金術師でもあったマリアさんだけの規格外な力だよ。彼女は錬金術によって融合された異なる素材同士の結合を――斬ることができた」

「すごい……」

「凄いよ。この魔導具とはやり方は違うけど、同じ力だ。ならばマリアさんがその力をこの結晶に込めた――あるいは込めさせられた。そう考えるのが自然だ」

そうか。マリアさんは未《いま》だ深層に捕われているかもしれないのか！　黒幕によってその力が利用されていると。

「この魔導具は複数あることが確認されているし、定期的に力を補充しないといけない構造だ。だとすれば、〝刃の狩人〟が存在していることがマリアさんの生存証明になっている」

「だから……だから師匠は」

「おそらくマリアさんを救いに行ったのだろう。あるいは……」

レオンさんはそれ以上を言わなかった。

「ありがとうございます。これでなぜ師匠が迷宮に向かったかが分かりました」

「あいつのことだ。エリスちゃんを巻き込みたくないとかそんなことを考えての行動だろうが……勝手が過ぎる。会ったら俺《おれ》の分までぶん殴ってくれ」

レオンさんがそう言って、笑みを浮かべた。私は頷くとソファから立ち上がる。

こうなったらもうすべきことは一つしかない。

「私、師匠を助けにいきます。いくらなんでも一人で行くなんて無茶すぎます」

「そうだな。きっと、エリスちゃんの助けがいる。まあそうなると思ってね。これを」

レオンさんがポケットから取り出したのは、青い結晶だった。それを【錬金解除装置】に組み込まれていた赤い結晶と交換して、再び組み立てた。

「これには、結晶の力を阻害する力が込められている。使えば、他の【錬金解除装置】の効果を相殺できるはずだ。まあ先に使われたらこっちが壊れるので、相手が使ってきたら効果が及ぶ前に使うことを推奨するよ。そうすれば相手の効果を相殺できるし、こっちは壊れない。何かの役には立つだろうさ」

「こんなものまでもう作ってたんですか？」

レオンさん、仕事が速い！

「残念ながら、まだ試作品で量産はできないけどね。持っていってくれ」

そう言って、その魔導具を渡してくれた。

「ありがとうございます！　大事に使います」

「ああ。ジオをよろしく頼む。あいつも悩み、苦しんでいたんだ。だから……」

その言葉を聞いて、私は元気よく返事した。

「任せてください！　まだまだ師匠には色々と教えてもらいたいですからね！　それにもしマリアさんが生きていたら、きっとうちの工房はもっと楽しくなりますよ！　あ、でもそうなったら、工房の名前変えないといけないのかな？」

なんて私が言うのを見て、なぜかレオンさんが悲しそうな顔をする。

「……ああ、そうだな。そうなるといいな」

「はい！　よし、こうなったら私の知っている人を総動員して師匠を助けますよ！　お茶、ありがとうございました！」

私はレオンさんへと頭を下げて、そのまま工房から飛び出した。

なぜ、レオンさんが最後にあんな悲しそうな顔をしていたのか。

その理由にも気付かず。

それはジオにとって苦い記憶だった。

「分かった、分かった。明日までに納品だろ？　やるってば」

そんな面倒臭そうな声とともに手をヒラヒラと振っているのは、燃えるような赤髪を持つ美女だった。カウンターに座る彼女の周囲には空いた酒瓶《びん》が並んでおり、酒精の香りが部屋中に漂っている。

「今すぐやれマリア。お前はそう言いながら結局やらないことを俺《おれ》が一番よく知っている」

そう言って、その美女――マリアへと詰め寄ったのは同じ赤髪を持つ彼女の弟――ジオだ。

「うるせえな。お前はあたしの母親か。と言っても母親の顔も覚えてないよな」

その言葉にジオが顔をしかめる。

母が幼い頃に死に、それ以降ずっと姉であるマリアに育てられたジオからすれば、母とは顔も知らない他人と同義だ。

だから彼はそっけなくこう答えた。

「知らん」

「まだお前幼かったもんなあ。ま、あたしもあんまり覚えてないけどな、がっはっは！」

マリアは、豪快な笑い方をする。しかしそれが妙に彼女に似合っていた。

「とにかくこれは錬金局局長、直々の依頼だ。成功すれば俺の夢にも、お前の夢にも一歩近づくんだから、頼むよ」

ジオがマリアへと迫り、いつも以上の圧力をかける。

「へいへい。しかしお前も変わってるよなあ、魔術学園の錬金科の講師をやりたいなんて」

「いいだろ、別に」

ジオが恥ずかしそうな顔をして、そっぽを向く。姉に教わった錬金術をもっと広めたいという想《おも》いを、彼は決して口にすることはなかった。

「つーかそれはどうだっていい。それよりマリアの目標である〝完全物質《アルカナ》〟の生成に大きく近づくんだから酒飲んでないで、仕事しろ！　俺はレオンのところで機材を調達してくる」

「分かった分かった」

マリアが不承不承立ち上がり、作業場へと向かう。ジオはそれを見て安心すると、慌てた様子で外へと飛び出した、
もし、もしこの時ジオがちゃんとマリアが仕事に取り掛かるのを見ていれば。これから行う錬金術に必要不可欠な素材の在庫が切れていることを確認していれば——あるいは運命は変わっていたかもしれない。

しかし、これは記憶であり過去だ。

過去は決して変わらない。

「ん？　おいおい、結晶花の蕾《つぼみ》が全然足りねえじゃねえか」

保存庫を確認した、マリアが舌打ちする。

「……参ったなあ。これ市場には売ってないんだよなあ」

結晶花の蕾は貴重な迷宮《メイズ》産の素材で、帝都の市場では出回らないものだった。結晶花は表層にはなく、第二層以降にしか生えていないせいで、採取できる冒険者が少ないという理由もあった。

「どうすっか。明日までとなると……採りに行くしかないか？」

冒険者でもあるマリアにとって、錬金術の素材は買うものではなく自ら調達するものだ。さらに酒を飲んでいたせいで、少しだけ判断能力が落ちていた。

普段ならそんなことを言いだしてもジオが止めるし、そもそもマリアはあまり納期を守るタイプでもない。これ幸いとばかりに納期を延ばしていただろう。

だが、ジオが今回の依頼にはやけに力を入れていることを彼女は知っていた。

その理由も分かっている。

今回の依頼は錬金局局長から受けたものであり、もし達成できれば、魔術学園への口添えをしてくれるという約束をジオは取り付けていた。

さらに、錬金術師の三大目標の一つである〝完全物質〟——その材料の材料の、そのまた材料を作成するための実験と検証するための許可が錬金局からもらえるという。

それはしがない街の錬金術師にとって、またとない機会なのだ。

ゆえに、マリアは深く考えずにこう結論付けた。

「サクッと採りに行って帰ってきたら間に合うか」

そんな軽い気持ちで、マリアは壁に立て掛けてある剣を手に取り、最低限の装備と道具だけを持って、迷宮へと向かったのだった。

それが最期となることも知らずに。

＊＊＊

迷宮第二層──〝大地喰らい《ガイアイーター》の巣穴〟

それは迷宮表層の地下に存在していた。冒険者たちからは第二層と呼ばれる場所で、表層とはまるで違う雰囲気だ。

ゴツゴツとして岩肌が晒《さら》された巨大な洞穴が縦横無尽に繋《つな》がっている、天然の迷路。光を放つ鉱石が露出しているせいで、明るさはあるものの、そのせいで闇《やみ》がより一層濃く見える。

〝大地喰らい《ガイアイーター》〟と呼ばれる巨大な魔物が大地を食べた跡だと言われているが、真偽は定かではない。

しかしどこまで行っても同じ景色で、地図があっても迷うこの第二層こそ、冒険者の真価が問われる場所と言っても過言ではなかった。

ここに辿《たど》り着き、突破できる冒険者は全体のわずか一割のみ。

そんな洞穴を急ぎ進んでいるのは、各部に銀色の防具で補強している革鎧を纏《まと》っている赤髪の男──ジオだった。

「……そろそろか」

ジオにとってこの第二層は馴染《なじ》みある場所だった。なぜなら、かつて冒険者だった姉であるマリアに連れられて、よく採取に来ていたからだ。

ここは表層と違い、地形が丸ごと変わる現象である〝大変動〟は起きない。ゆえに道順を覚えた彼にとっては、進むことだけを考えると表層よりも楽だった。

当然、第二層には手強《てごわ》い魔物たちが生息しているが、そこは基本的に非戦闘員である錬金術師なだけあり、魔物と遭遇せずに進むルートを既に構築していた。

「いやでも思い出すな」

マリアと二人で採取に来ていた時の記憶が蘇《よみがえ》る。自分が急《せ》かした結果、彼女は足りない材料を自分で調達しようとこの第二層へとやってきたのだ。

結果、彼女は死んでしまった。

その事実が、ジオの顔を歪《ゆが》ませた。

「くそ……」

ジオは今でもその件について、後悔と疑念を抱いていた。

帝都でも五本指に入るほどの剣士だったマリアの実力からすれば、第二層程度の魔物程度であれば一蹴できるはずだ。だが、たまたま現場に居合わせた冒険者曰く、〝未知の魔物〟とやらに襲われたそうだ。

確かに、この迷宮において絶対はない。

魔物と遭遇しないこのルートに、未知の魔物が出現する可能性はゼロではない。

「でも、本当にそうなのか……？」

何かの事故か、あるいは陰謀か。

ずっと考えていたことだ。しかし証拠がなかった。

だが今は違う。

「あの魔導具は……間違いなくマリアが関係している。もし生きているなら……」

その先の言葉をジオは呑み込んだ。

それは自分でも分からない感情だからだ。生きていたら嬉《うれ》しいのは確かだ。できなかった謝罪や感謝を口にしたい。だけども、もし生きていたとしたら、なぜ帰ってこなかったのか。それが分からない。何か事情があるのか。それとも――。

そんな風に考えながら、ジオはそろそろだと気付き、視線を前から横にある洞穴の壁へと移す。

そこには、人一人が通れるほどの隙間《すきま》があった。

ジオがその隙間へと体をねじ込ませ、進んだ先。

「……変わらないな、ここは」

そこはちょっとした空間になっていて、天井《てんじょう》から淡い光を放つ鉱石によって、奥にあるボロボロになったテントが薄らと浮かび上がっていた。

それは、ここを偶然見付けた時に〝ここをアジトにしようぜ！〟と言い出したマリアによって持ち込まれたものだ。折りたたみ式の椅子《いす》やテーブルも置いていて、確かに秘密の隠れ家のような雰囲気になっている。

だがテーブルの上に置かれている大きな酒瓶が妙に新しいことにジオは気付いた。数年放置されたわりには、埃《ほこり》も積もっていない。

それが何を意味するのか。

誰《だれ》かが放置されていたここを偶然見付けて利用した？

ありえない話ではない。

だけども、あの特徴的な大きさの酒瓶は、蒼炎酒《そうえんしゅ》と呼ばれるタイプのものが入っていることが多く、マリアが生前に愛飲していたものと同じだった。

そこまでくると、もう偶然とは思えない。

「マリア！」

思わず声が出てしまう。

ジオがテントへと駆け出した。

マリアに再び会えたら。

なんて声を掛けるべきだろうか。

そんなことを頭の片隅で考えながら、走るジオ。

それを予期していたかのように、テントの入り口が開く。

そこから出てきたのは――

「……あん？　誰だてめえ」

小汚い格好をした、目付きの悪い男だった。男の右手にはナイフが握られている。

「あ、いや」

期待とは全く違う人物の登場に、驚きと混乱にジオは襲われた。

ただの偶然だった？　いやそもそもこいつは誰だ？

「冒険者か？　にしちゃあ軽装だな。まあいいや、とりあえず死ね」

男が慣れた手付きでナイフをジオへと閃《ひらめ》かせる。

「くっ」

何とか銀の手甲でそれを弾《はじ》くも、状況に思考がついていかない。

「待ってくれ、ここは俺が――」

ジオが男へとそう話し掛けるも男は聞く耳を持たず、殺意を向けてくる。

「くそ！」

悪態をつきながら、ジオが彼の固有錬金術である、【黒山羊の両腕】を発動させる。各部にある銀色の防具がドロリとした液体となり、それらが集まりまるで騎士のような形となる。

それはエリスの精霊錬金によって騎士の精霊の力がこもった銀と、ジオの固有錬金術の組み合わせによって作られた、銀の騎士だ。

「なんだそりゃ⁉」

男が驚きながらナイフを振るうが、ジオの魔力によって操《あや》られた銀騎士が、手に持つ盾でそれを叩き落とした。

「くそ、さてはてめえは錬金術師だな？　だったらこれを！」

男が慌てた様子で懐《ふところ》から、魔導具を取り出した。それは、〝刃の狩人〟たちが持っていた錬金術を無効化するものだった。

「まさか、お前〝刃の狩人〟か？」

ジオが咄嗟《とっさ》に男の手から魔導具を弾き、銀騎士を解除し元の防具へと戻していく。しかし魔導具は中途半端《ちゅうとはんぱ》に起動しており、空中でわずかな光が放たれ、それを浴びた防具はどろりとした液体状になっていく。

そこにはもう騎士の精霊の力が宿っていないことが魔力を通じて分かってしまった。

「しまった……」

辛うじて無事だったのは、右手の手甲だけだ。

「ギャハハハ！　これで終わ――あ」

勝利を確信し、凶悪な笑みを浮かべた男だったが――なぜかその表情が凍り付く。その視線はジオを通り越して、その背後へと向けられていた。

「……ん？」

ジオが突然態度を変えた男に戸惑っていると、男が怯《おび》えたような顔で後ずさりながら口を開く。

「あ、いや、違うんです！　一人で逃げてきたわけじゃなくて！　俺は裏切ってない！」

「は？」

わけの分からないことを言い出す男を見て、ジオはその言葉の真意が読めず混乱する。

「ゆ、許してくれ！　だってあいつら獣人《セリアンスロープ》と組んでて異常に強――」

男の言葉の途中で、ジオは背後から風を感じた。

その瞬間。

「ギャアアアアア！」

ジオの横を通り過ぎた風が男の右腕を切断。

絶叫が響き渡る。

「助けてくれ！　助けてく」

その叫びの途中で男の首が飛んだことで、必死な懇願は遮《さえぎ》られた。

何が起きている？　ジオが必死に頭を回転させるもやはり何も分からない。

だから――彼は振り向くしかなかった。

そこにいたのは。

「よう、ジオ。元気そうで何よりだ」

ジオがこの状況で最も会いたくない存在。

「なん……で。なんで生きているんだ」

そう声を振り絞ったジオと相対するのは、同じ赤髪を持つ美女。

そのしなやかで肉食獣のような引き締まった体には薄手の戦闘服を纏っていて、手には剣が握られていた。

整った顔には、悪戯《いたずら》がバレてしまった子どものような笑みが浮かんでいる。

「たはは……なんで、と言われてもな。フクザツな事情があるのさ。それよりも、もっと喜べよ、ジオ。大好きな――ジークマリアお姉様との再会だぞ？」

そう言って剣を腰の鞘《さや》へと収めたのは――他の誰でもない、ジオの姉であるジークマリア・ケーリュイオン、その人だった。

「生きていたのか、マリア」

苦い表情のまま、ジオがそう吐き捨てた。

生きているはずがない。なのに、ずっとその気配を今回の事件の裏側に感じていた。

錬金術を無効化する力が〝刃の狩人〟によって使われていると知った時点で、ありえないが、もしかしたら姉は生きているかもしれない、そう思ってしまった。

それでも、ここまでの状況を鑑みて、それはジオの想像を上回る最悪さだった。

姉は決して、冒険者を襲うような連中に力を貸したりはしない。それならばきっと協力するよりも死を選ぶだろう。彼女はそういう女だということを嫌というほど知っていた。

今、目の前であっさりと殺された〝刃の狩人〟であろう男が、マリアに対して異常に怯《おび》え、弁明していたことにひどく違和感を覚えた。

「お前が……お前が〝刃の狩人〟のボスか」

ジオは声が震えるのを必死で抑えながら、最悪の予想を口にした。

頼む、否定してくれ。そう願いながら。

しかし、現実は無情だった。

「お、さすがに気付いたか。ま、あの魔導具を押収されたって聞いた時には時間の問題だろうなって思っていたがね」

ヘラヘラと笑いながらそう答えるマリアを見て、ジオが叫ぶ。その顔に浮かぶ表情に含まれる感情は、困惑、驚き、そして失望。

「なんでだよ！　なんで生きているんだよ！　なんでこんなくだらないことやってんだよ！」

その疑問に、しかしマリアは答えない。

「なあ、ジオ。おかしいとは思わないか。帝都の地下になんでこんな広大な空間が広がっているかについて。あたしは常々疑問に思っていたんだが、真実を知って納得したよ。そもそもこんな場所は存在していなかったんだ」

「何を言っているんだよ。そんなことはどうでもいい！　答えろよ、マリア！」

ジオがマリアへと迫り、その肩を摑《つか》む。それでもマリアは余裕の表情を崩さない。

「あたしは深層で真実を知った。お前も知ればきっとあたしの行動を理解できる」

「わからねえよ！　どうしたんだよ？　お前らしくないぞ！」

それは、真実だとかなんだとか、そういうことをもっともらしく口にするのを何より嫌がるような性格の姉とは思えない言葉だった。

「結晶花の蕾がさ、なかったんだよ。だから採りにいったんだが……そこであたしは幸か不幸か、とある男に出会ってしまった」

突然語り出すマリア。その目から、光が消えていることにジオは気付いていない。

「男？」

ジオの脳裏に、とある男が思い浮かぶ。巨鳥を操り、表層に毒を撒《ま》き散らした、あのフードの男。

「そうだ。そいつによって私はあっさりと死んだ」

「じゃあ、お前は誰だよ」

ジオがマリアをまっすぐに見つめる。その姿も声、自分の知っているマリアと全く同じだ。だが直感で、中身が、あるいは曖昧な概念かもしれないが、魂が違う――そう感じてしまったのだ。

「生まれ変わったんだ、あたしは。そして真実を知った。ジオ、喜べ！〝完全物質〟は存在する！そのためにも――扉を開ける必要があるんだ！」

マリアがまるで神の啓示でも受けたかのような顔で嬉々《きき》としてそうジオへと告げた。

その姿は――ジオには狂信者に見えた。

「ほんとに……お前は誰だよ」

マリアの肩から手を離したジオが思わず後ずさってしまう。

目の前の存在が、姉の皮を被《かぶ》った別の何かに思えたからだ。

「あたしはお前の愛《いと》しい姉だよ？」

笑みを浮かべるマリアを見て、ジオが首を横に振ってそれを否定する。

「違う。マリアはそんなことは言わない」

「お前があたしを決めるなよ」

その顔から笑みを消したマリアが、威嚇するように剣の柄《つか》へと手を掛けた。

「ジオ、扉を開けるには、冒険者の魂が必要なんだ。だから冒険者崩れやらを集めて、〝刃の狩人〟を作って、武器を集めさせたんだ。獣人のフリをさせれば少しは対応が遅れると考えたが、まさか獣人と冒険者が組んで対策してくるとは思わなかった。もう少し武器を集めたかったんだがなあ」

「マリア、お前は何を企《たくら》んでいるんだ」

冒険者の魂？　武器を集める？　その言葉の意味が理解できずジオは困惑する。だが、間違いなくこの目の前の存在は、もう自分の知る姉ではなかった。

「お前も知っているだろう？　あたしの本当の固有錬金術を。錬金術を無効化するなんてのはただの曲芸だ」

「【融合】のことか」

【融合】――それはマリアが持つもう一つの固有錬金術だ。

錬金術をもってしても混じらない物質同士を無理やり結合させる力。その応用で、逆に結合を斬るという固有錬金術【錬金斬り】が生まれたと言っても過言ではなかった。

【融合】こそ、マリアの真骨頂だった。

「そう。あたしはあの力の真価をついに見いだしたんだ。冒険者が使い込み、その魂が宿った武器と、精霊を融合させることで、魔物とは比にならない強大な存在を生むことに成功した！」

「精霊を……融合？」

その言葉にぞわりと鳥肌が立つ。エリスの力と同じではないか――そうジオは一瞬考えてしまい、すぐにそれを脳内から消した。

マリアがなぜこのようになってしまったかは分からない。だが間違いなく、悪い方向へと歪《ゆが》んでしまった。そんな彼女と愛弟子《まなでし》であるエリスを同等だとは思いたくなかった。

「そうだ。くくく……最近、上では精霊錬金なんてものが流行《はや》っているらしいな」

マリアがおかしそうに笑った。

「おかげで、奴《やつ》の計画が台無しになった。まさか毒の精霊を使って万能薬を作るなんてなあ。とんでもない錬金術師が現れたもんだ。そうは思わないか、ジオ」

その言葉で、ジオは冷静さを取り戻す。マリアは既にエリスの存在に気付いている。ならば自分がそれに関《かか》わっていることを知っていると想定すべきだろう。

さらに、奴の計画という言葉。

「まさか……〝蛇風事件《ククルカン》〟の男も関わっているのか？」

「さてな。自分で考えてみろ。しかし……運命とは皮肉なものだなあ。あたしの弟とあいつの娘が師弟になっているなんてな。だが、ある意味都合がいい」

マリアがそう言いながら、ゆっくりと剣を抜いた。

「ジオ、こっちにつけ。扉さえ開ければ、あたしたち錬金術師はこの世界を支配できるほどの力を手に入れることができる。お前の愛弟子も真実を知れば、きっとあたしの言葉に同意するさ」

そんな言葉とともに、剣の切っ先がジオへと向けられた。

「お前にエリスの何が分かるんだ。知りもしないのに語られるのは不快だ」

ジオはまっすぐにマリアを睨《にら》み付《つ》けた。もはや目の前の存在は姉でもなんでもない、ただの犯罪集団のボスだ。

何より、エリスについて触れられたことが我慢ならなかった。

「何を企《たくら》んでいるか知らんが、〝刃の狩人〟もお前も終わりだよ」

ジオが強がってそう言うが、この状況でジオにできることは何もない。

「ああそうかい……残念だよ。感動の再会となるはずだったんだがなあ」

マリアが肩をすくめると、そのまま地面を蹴《け》って一瞬でジオへと肉薄。

「ま、今すぐに理解しろってのも、無理な話か。もう少しだけ猶予をやろう。だからそれまで……眠っとけ」

そんな言葉とともに――マリアによって頭部へと強烈な一撃を入れられたジオは、気を失ってしまったのだった。

＊＊＊

それからどれほどの時間が経《た》ったか分からない。

ジオが気付いた時、そこはあの隠れ家ではなかった。

彼は雑に地面へと転がされていて、周囲に木箱やら荷台やらが置かれていた。横には簡易のテントがあり、中で誰かが会話しているのが聞こえる。

「ここは……？」

ジオが周囲を見回すとそこは妙に広い空間で、岩肌や地面からしてまだ第二層であることは間違いないが、天井は霞《かす》んで見えるほどに高い。

何より、その空間の中央には多種多様な武器が山積みになっていた。どれも使い込まれているところを見るに、おそらく〝刃の狩人〟を使ってマリアが集めたであろう、冒険者たちの武器であることが分かる。

拘束もされていないことに気付いたジオは、この空間から逃げようと立ち上がるも――

「起きたか」

そんな言葉とともに、テントから出てきたのは、マリアではなく中年男性だった。その金髪にどこか見覚えのある顔。

「お前は……」

「渓谷ぶりか。まさか再会するとはな」

そう言って、男が顔を歪ませた。それは、〝蛇風《ククルカン》事件〟の首謀者と言われている精霊召喚師の男だった。

「俺はアルス。しがない精霊召喚師さ」

「……どの口が言う」

「しかし、あの女の弟であるお前とアイツが師弟関係とは……これだから世界は面白《おもしろ》い」

男――アルスがクツクツと笑う。

その正体に薄らとジオは気付きつつあったが、それを口にすることはなかった。一度それを知ってしまえば、後戻りできない気がしたからだ。

「お前らは何を企んでいるんだ」

ジオが何か武器がないか探すも、それらしきものは周囲にはない。あるのは右手の銀の手甲と、ポケットをまさぐったら出てきた、着火具だけだ。

それはエリスに誕生日にと、貰《もら》ったあの着火具だ。そこにはグリムの紋章が刻まれている。

「素直に教えるとでも？」

アルスが不敵な笑みをジオへと向けた。

「悪いが俺はお前らと手を組みたくはない。だったら死ぬ前にそれぐらいは知る権利があるだろうさ」

ジオが自嘲気味にそう答えた。

「ふん、まあいいだろう。説明するより見た方が早い――ジークマリア、始めるぞ」

アルスの言葉に、気怠《けだる》そうな声が返ってくる。

「うるせえな。指図するんじゃねえよ」

テントからそう言って出てきたのはマリアだった。

「実際に見れば、気持ちも変わるかもしれん」

アルスの言葉を聞いて、マリアがチラリと視線をジオへと向けるも、すぐに中央の山積みされた武器へと移した。

「へいへい。じゃあとっとと精霊を出せよ」

「言われずとも」

アルスが余裕たっぷりと言った態度で、両手を広げた。

その瞬間に、恐ろしいほどの魔力量が空間全体へと放たれた。

同時に、いつかあの渓谷で見た、無数の召喚陣が地面へと展開される。そこから現れたのはやはり、あの時に見た気味の悪い、骨の体を持つ精霊たちだ。

「よっと」

マリアが山積みになった武器へと歩むと、一つ手に取っては近くにいた精霊に手で触れて、【融合】の力を発動させる。

「ギュアアアアア！」

トカゲの骨が長剣と組み合わさり、牛ほどの大きさの魔物へと変貌する。鱗《うろこ》の代わりに刃が生えていて、角も鋭利な曲刀になっている。爪《つめ》も尻尾《しっぽ》も全《すべ》て刃でできており、触れるだけでズタズタに引き裂かれそうな雰囲気を纏っていた。

「ジオ、これが精霊と武器を融合させて作った、新たな魔物――ウェポンビーストだ。こいつはSランクの冒険者でも苦労する存在だぜ？　なんせ冒険者の魂のこもった武器を融合させている。いわば冒険者そのものだ。生半可な技術や知識は全て看破できる」

マリアが凶暴な笑みを浮かべながら次々と魔物を生み出していく。それぞれ形は違えど、元の精霊の姿に融合させた武器の特徴を取り入れていて、凶悪な見た目になっていた。

一体一体が、深層の魔物に匹敵《ひってき》するほどの強さを秘めているのが、嫌でも伝わってくる。

ジオはそれをただ黙って見ているしかなかった。

「こいつらを使って、冒険者街を襲う。あそこさえつぶせば、冒険者たちは弱体化する。だけども、迷宮に頼った経済の帝国がここを封鎖するなんてできるわけもない。そうやってノコノコと欲に駆られてやってきた冒険者を狩り続けるだけだ。もう〝刃の狩人〟はいらない」

そのマリアの言葉に、ジオが苦い表情を浮かべた。

「そこまでして冒険者を憎む理由はなんなんだ」

ジオがそう問うた。今は少しでも情報を集めるしかなかった。

「憎む？　何の話だよ。あたしも、そっちの男も別に冒険者なんて恨んじゃいねえよ。冒険者をぶっ殺すのはあくまで手段でしかない。さっきも言ったろ？　扉を開けるためだって。その扉の鍵《かぎ》を作るのに、大量の魂が必要なんだ。武器にこもったようなしみったれた魂じゃなくて、そのものがな」

「だから、なんなんだよ、その扉って」

「精霊界へと続く扉だよ」

マリアの代わりに、アルスがそう答えた。

「……馬鹿馬鹿《ばかばか》しい」

ジオがそう切って捨てた。精霊界が存在することは確かだ。そこへと続く入り口が迷宮にあるらしいという噂《うわさ》も聞いたことがある。

だけども、それを本気にして、こんなことをするなんてあまりに馬鹿《ばか》げていた。

「ま、そうなるわな。お前も深層にいけば分かるさ。で、そろそろ決心ついたか？」

マリアがそう言って、ジオへと歩み寄ってくる。

「何のだ」

「こちら側につくかどうかだ。お前がこっちにつけば、きっと弟子もついてくるだろ？　いいよなあ、あたしなんてこの男と組んで初めて精霊を融合させるなんてできるようになったのに、そいつは一人で似たようなことができるんだろ？　逸材じゃねえか」

「それに、アイツには精霊界に行く理由がある」

アルスが笑みを浮かべたままそう口にした言葉に、ジオが困惑する。

「精霊界に？」

「まあ、それはアイツに会ってからだな。さて、それでどうする？　俺は別にお前はいらんからな。どっちでもいいが、こちら側につかないというなら始末する」

冷たい視線を送るアルスを、ジオは睨《にら》み返した。

「さっきも言ったけどな。悪いがお前らの馬鹿げた妄想に付き合うつもりはない。勝手にやってろ」

ジオが強がってそう宣言した。

「はあ……ほんとお前は昔からそうだよな。仕方ない……殺すか」

マリアが肩をすくめて、剣を手に取った。

「せめて、愛する姉に殺されることを、諸手《もろて》を挙げて喜べよ、ジオ」

そんなマリアの言葉に、ジオが死を覚悟する。もう目の前にいるのは、自分の知っている姉ではない。きっと、本気で殺しにくるだろう。

だからこそ、ジオは手が震えるのを隠しながら、ポケットから煙草を取り出した。

「せめて……最後の一服だけさせてくれないか？」

「あん？　まあそれぐらいは姉の情けで許してやるよ」

マリアが剣を向けたまま、さっさと吸え、とばかりに顎で催促する。

「悪いな」

ジオがゆっくりと煙草を口へと持っていくと、エリスに貰った着火具に魔力を込めた。

そこに刻まれた紋章がほんのりと淡く光り、煙草から細い煙が上がる。

「……エリスに謝っておけばよかった」

そんなジオの呟《つぶや》きが、煙とともに宙に消えた。

絶望する彼の目の前で、着々と脅威が生まれつつあった。

師匠を探すべく迷宮《メイズ》にやってきた私は、表層の地下にあるガルドさんたちのアジトで待機していた。

部屋の外から、誰《だれ》かが帰ってくる音がして、私は部屋から飛び出した。

そこにいたのは師匠の捜索に向かっていた捜索隊の一つだった。

「どうでした？」

労《ねぎら》いの言葉を言う余裕もなくそう聞いた私に、しかし彼らは力なく首を横に振るだけだった。

「すまねえ。最北端まで足を伸ばしたんだが……やっぱりいなかった。他の連中が見付けてくれるといいんだが」

「そう……ですか。すみません、ありがとうございます」

既に師匠を捜索し始めて一日以上が経《た》っていた。みんな必死に探してくれているし、メラルダさんとラギオさん含む【赤《あか》き翼《つばさ》】のメンバーたちも捜索に協力してくれた。

それでも師匠は見付からなかった。

グリムの力を使っても反応がなかった。多分、私が最後に師匠に触れてからかなり時間が経ってしまったせいだと思うけども、グリムに聞いても、違う場所にいるから難しいという言葉しか返ってこない。

「あのバカ、ほんとどこをほっつき歩いているのかしら」

隣で怒ってくれているメラルダさんが、私を慰めるように肩を抱いてくれた。その優しさが余計に身に染みて辛《つら》かった。

「これだけ表層で探していないとなると……やはり第二層に向かったんじゃないか？」

帰還した部下の報告を受けていたガルドさんがやってきて、そう結論付けた。

「第二層は天然の迷路よ？　表層以上に捜索が困難になるし、何より危険が多過ぎる」

メラルダさんの言葉にガルドさんも頷《うなず》く。どうやら、第二層はかなり厄介な場所のようだ。

「せめて、ある程度捜索する場所が絞れたらやりようもあるが……さすがに第二層を表層と同じように探し続けるのは無理がある」

そう言って、ガルドさんが私へと視線を向けた。

「それは……その通りです」

私はそう答えるしかない。これ以上我《わ》が儘《まま》を言って、付き合ってもらうわけにもいかなかった。

でも、だからといって、指をくわえて待っているのは性には合わない。

「それでも……せめて私だけでも師匠を探しにいきたいです。たとえそこが危険な場所でも。もし第二層にいるなら、グリムの力できっと師匠の下に辿《たど》り着けるはずなんです」

その私の言葉に、皆が困ったような顔を浮かべた。

「気持ちは分かるが……第二層の面積自体は表層よりも小さいがその分、細かく入り組んでいて、ただの探索でさえ、慣れたものでないとすぐに遭難してしまうような場所だ。危険すぎる」

ガルドさんの忠告は正しい。私だって同じ立場ならきっとそう言うだろう。

「どこか心当たりはない？」

メラルダさんの問いにしかし私は首を横に振るしかない。

「ありません」

「そう……こんなことなら、あいつの首に例のネックレスでもくくりつけておけばよかったのよ。さすがに危機が迫ったら使うでしょうし」

なんてメラルダさんが言うので、私はハッと目を見開いた。

グリムの力が使えないからと考えすらもしなかったけども、そうか！　師匠にあげたあの着火具が使われたら、もしかしたら【導火指針《フレイムガイド》】に反応があるかもしれない！

「師匠はグリムの紋章が刻まれている着火具を持っています！　もしかしたら第二層にいけば反応があるかもしれません！」

もし仮にグリムの力が、迷宮の層によって隔てられていると仮定すると、同じ層にいけばグリムの力が使えるかもしれない。

それを説明すると、メラルダさんが納得とばかりに頷いた。

「そうね。確かに迷宮の層ってそれぞれに全く繋《つな》がりがないのよ。もしかしたらグリムにとって、それぞれが別空間という認識になっているのかもしれないわ」

「どちらにせよ、行ってみるしかないか」

ガルドさんがそう言って立ち上がった。

「いいんですか？　第二層は危険な場所だって」

私がそう聞くと、ガルドさんが不器用な笑顔で頷いた。

「もちろんだ。だが精鋭だけで向かおう。もし【導火指針】でおよその位置が分かるなら大勢で行く必要もない」

「それもそうね。イエラやラギオ、それにガーランドもそろそろ帰ってくるだろうし、準備が整い次第向かいましょう。エリス、それでいい？」

メラルダさんのウインクに私は笑顔を返す。

「はい！」

「すぐに装備と道具の準備をしろ！　第二層の魔物は手強《てごわ》いぞ！」

ガルドさんの号令で、部下の獣人《セリアンスロープ》たちが慌ただしく動き始めた。

その様子を見ていると、私の肩で眠っていたクイナが目を覚ました。

「きゅー」

「おはようクイナ。今から、第二層に行くよ」

「きゅ」

「え？　行かない方がいいって？　危険なのは分かっているって」

「きゅう……」

なぜかクイナが悲しそうな声を出すが、行かないわけにはいかなかった。

そうしているうちに、出ていた捜索隊が全員が帰ってきて、私たちは第二層へと向かう準備に取りかかった。

「全員、三種のポーションは飲んだな?」

ガルドさんの確認に、選ばれたメンバー全員が頷く。

第二層へと向かうのは次のメンバーだ。

まずは私。それにガルドさんとイエラさん。さらに短い槍《やり》を持った片耳しかない獣人と、短剣を腰に差している、灰色の髪の獣人——このアジトの門番をしているライルさんとザックさんだ。

それにメラルダさんとラギオさん。

「俺《おれ》も行くぞ!」

ガーランドさんがそう叫び、斧《おの》を掲げた。

「俺たちも行くっす!」

ガーランドさんの部下たちが次々とそう声を上げてくれるも、ガーランドさんが一喝。

「少数精鋭だって言っているだろ! お前らは大人しく待っとけ!」

「えー」

不満そうな様子でいる部下の人たちの気持ちはありがたいけども、危険だと分かっている以上、これ以上は巻き込めない。

「すみません。気持ちだけ受けとっておきます!」

私がそう言うと、部下の人たちも仕方ないとばかりに納得してくれた。

「……俺よりエリス嬢がうちのギルド仕切った方が良さそうだな」

ちょっと拗《す》ねた様子でそう言うガーランドさんに、私は苦笑する。

「ほら、バカなこと言ってないで行くわよ」

メラルダさんがそう締めて、私たちは第二層を目指すべくアジトを出発した。

ガルドさんたちが変身し、私たちは彼らの背に乗せてもらうと、第二層への入り口があるという北西の平原へと向かった。

表層を風のように走っていくと、地面の草がまばらになって岩肌が目立つ平原へと辿り着いた。

そこにある大きな岩山には、ぽっかりとまるで口のように開いている洞窟があって、そこにピッタリと嵌《はま》まるように門のような建造物が設置されていた。

「これが入り口ですか?」

その門の手前で私たちが降りると、人型へと戻ったガルドさんが頷く。

「そう。この門の奥にある階段を下りればそこが第二層だ。今回は比較的簡単な場所で助かった」

なんてことをガルドさんが言うので私は首を傾《かし》げながら、隣にいたラギオさんへと問うた。

「今回は……ってことは場所が変わるんですか?」

「大変動のたびに変わる。そのせいで、第二層のどこに繋がるかも分からず、毎度苦労する」

なるほど。確か聞いた話では大変動が起こるのは表層だけなので、第二層自体の構造は変わらないそうだ。だけども入り口の場所が変わるせいで、第二層での探索ルートがそのたびに変わってしまうということだろう。

なんて考えているうちに、ガルドさんとガーランドさんがその門の中へと入っていく。

「私たちも行きましょう」

メラルダさんの言葉に私は頷き、その後に続く。

門の奥は洞窟そのままで、薄暗い。それでも天井《てんじょう》や壁から露出している光る鉱石のおかげで、灯りが必要なほどでもなかった。

ゴツゴツとした地面は歩きづらく、一歩一歩気を付けないと、こけてしまいそうだ。

少し歩いた先からは階段状になって下へと続いていた。

「きゅー」

「ぴゅい」

私の肩に止まっているクイナが不安そうな声を出し、右手にしがみ付いているサラマンがそれに呼応する。なぜか彼らは第二層に行くのを怖がっているように見えた。

「どうしたの？」

私がそう聞いても、二体からは具体的な返事は返ってこない。

それだけで少し不安になってくる。表層は空もあって自然もあって、あまり怖さはなかった。

でもこの洞窟の閉塞感《へいそく》は嫌でも不安を煽《あお》る。

師匠はこんなところを一人で進んだのだろうか。

「大丈夫か？」

ラギオさんが心配そうに私の顔を覗《のぞ》いてくる。

「だ、大丈夫です！」

空元気を出してそう叫ぶと、声が洞窟で反響して、自分の声にびっくりしてしまう。

「がはは！　分かるぞ、エリス嬢。俺もガキの頃は第二層が怖かったからな！　なあにすぐに慣れるさ！」

ガーランドさんが豪快に笑いながら、私の肩へと手を置いた。じんわりと熱がそこから伝わってきて、なぜか少しだけ安心してしまう。

「そうか？　俺なんかは地下生まれ地下育ちだからこっちの方が落ち着くが」

「皆さんが反応に困るようなことは言わないの」

ガルドさんの言葉をイエラさんが窘《たしな》めた。そういえば、獣人たちのアジトも地下だ。でもあそこは温かみがあった。

でもここは違う。

階段を下りた先に広がる洞窟は寒々として、人を拒んでいるような雰囲気が嫌でも伝わってくる。今は見えないけど、きっとこの先には恐ろしい魔物が潜んでいるのだろう。

「エリス、【導火指針】は？」

メラルダさんの言葉で、私は気付き、慌てて腰のポーチにしまっていた【導火指針】を取り出した。すると、火の灯《とも》った針がぐるぐると回り、やがて、一点を指し示した。

「反応がありました！」

「今、第二層まで潜っていてかつグリムの紋章を携えている人物は、ジオさん以外にはいないでしょうし、それで確定かと」

イエラさんの言う通りで、今冒険者たちは〝刃の狩人〟のせいで、探索を自主的に控えている状況だそうだ。だから、今この第二層で反応があるとなると――それは師匠以外に考えられなかった。

そうやってみんなで【導火指針】を見ていると、針の火がガラス製のドームを飛び出し、洞窟の先へとスーッと飛んでいく。

「追いましょう！」

私の言葉に、全員が頷く。

再び狼の姿になったガルドさんたちにまたがり、私たちは第二層の奥へと疾走を開始した。

どうか、師匠が無事でいますように。

そう心の中で祈りながら。

＊＊＊

エリスたちが第二層の入り口から駆け抜けている頃。

第二層――〝大空洞〟。

そこは第二層で最も広い空間であり、本来なら第二層の主とも呼ぶべき強大な魔物、アースドラゴンの巣となっていた。しかし、ここの主であるはずのアースドラゴンは、片隅で無残に死体へとなり果てていた。

代わりに蠢《うごめ》くのは、刃の煌《きら》めきをその身に宿す無数の異形と、空間の至るところに自生する、水晶の花弁を持つ結晶花と呼ばれる迷宮特有の植物。

「最後の一本と言ったわりに、何本も吸うじゃないか」

マリアの声が響く。

「残したら勿体《もったい》ないだろ？　これが最後の一本だよ。嘘《うそ》はついてないぜ」

ジオがそう言って、煙草が入っていた包みの中に残った、本当に最後の一本を取りだした。

「ウェポンビーストの融合は終わったか？」

二人の姉弟の会話を無視して、フードを深めに被り直したアルスがそうマリアへと問う。

「終わったよ。いつでも攻められるぜ。〝侵略は風よりも疾《はや》く、火のように広げるべし〟、だ。冒険者街を一気に叩《たた》く」

マリアが笑みを浮かべ、地面へと刺していた剣を抜く。

「だったらさっさとそいつを殺せ」

アルスの視線の先で、ジオは最後の一本を吸っていた。

「おい、答えは変わらないのかジオ。今なら仲間に入れてやるぜ」

「しつけえな。ならんと言っているだろ。沈みいく泥船な上に、頭のおかしい船頭がいると知って乗るバカはいねえよ」

ジオの言葉をマリアが鼻で笑い、アルスが苛立《いらだ》ったような態度を見せる。

「もういいだろう。お前がやらないなら、俺が殺すぞ」

アルスが右手で召喚陣を描きはじめる。同時にジオが無駄と思いながらも、なんとか逃げられないかと、この空間の出口の方へと視線を向けた。その先に見えたのは——

「分かった分かった。あたしがやるよ。じゃあな、ジオ」

そんな言葉とともに、あっさりとマリアの剣がジオへと振るわれた。その動きを読んでいたジオは咄嗟《とっさ》に左手で首を庇《かば》い、致命傷を防ぐ。しかし、あっさりと革製の防具を貫通した刃が左手に深い傷を負わせる。

「くっ」

痛みに足を止めている暇はない。

ジオはこの空間の唯一の出口がある方へと走り始めた。

彼は確かにそこに見た。

小さな小さな、希望の光を。

「おいおい、この期に及んで逃げる気かよ。つーかそれは無理だって」

「逃がすとでも？」

アルスが召喚陣から骨格だけの、黒いモヤを纏《まと》うカラスを呼び出し、それをジオの背中へと放った。

黒い弾丸となったカラスの気配を察知して、ジオが背を屈めて、前転。回避に成功するも、通り過ぎたカラスが再び戻ってきて、殺意とともに突撃してくる。

さらに背後で蠢く、魔物の気配。

ウェポンビースト達が動き始めたことに気付き、ジオは左腕を抉《えぐ》りながら通り過ぎたカラスに舌打ちをする。

前に見えるのは、小さな灯火《ともしび》。

「諦《あきら》めろってジオ。お前の弟子はあたしが代わりに教育してやるから安心してここで死ね」

そんなマリアの声がジオの背中へと掛かる。

「ふざけんな。俺には……あいつに教えないといけないことがまだまだあるんだよ。お前になんか渡してたまるか！」

ジオが叫ぶ。

しかし無情にもカラスによって右足が攻撃され、転倒。

「ク……ソ……」

転んだせいで全身を地面に打ち付け、大小様々な痛みが襲ってきて、視界が真《ま》っ赤《か》に染まる。

そんな危機的状況でも、頭に浮かぶのは、何も話さず、置いてきてしまった愛弟子《まなでし》の顔だ。

「怒ってるだろうな……ここで俺が死んだら、俺と同じ目に遭わせてしまう」

師匠を、大事な人を迷宮で亡くすことの痛みはジオが誰よりも知っていた。

そんな思いを、自分の弟子にさせたくなかった。

「だからここで死ぬわけにはいかないんだよ！」

痛みを無視してジオが立ち上がる。今度こそ仕留めようとジオの首を狙《ねら》うカラスを前に、彼は血だらけになった右手を差し出した。

「……〝溶解せよ、凝固せよ〟！」

その言葉とともに、地面に転倒した時に右手で握り締めた石と、自らの血液、そして唯一残った、精霊銀の手甲を、剣の姿へと変えた。

その歪《いびつ》な赤い刃を持つ剣をジオが薙《な》ぎ払う。

「面白《おもしろ》い力だ」

見ていたアルスが感心したようにその様子を見つめていた。

「だろ？　まああたしの【融合】ほどじゃないが、あれもなかなかレアな技だぜ」

カラスがジオの剣によって斬り払われ、あっけなく塵《ちり》となって消えたにもかかわらず、アルスとマリアが余裕そうに会話を続けた。

まるで、逃げられないのは分かっているとばかりに。

一方、ジオは既に満身創痍《まんしんそうい》で、立っているだけでも精いっぱいだ。

手には不安定な形を辛うじて保っている剣だけ。

迫る異形の群れ。

ジオは咥《くわ》え続けていた煙草の火が消えてしまっていることに気付き、剣を元の手甲に戻すと、着火具で再び火を付けた。

「悪あがきもこれまでか」

ジオがふらつき、倒れそうになったところへ――白い颶風《ぐふう》が飛び込む。

それを見て、彼は笑みを浮かべ、こう発した。

「悪い後は頼んだ……エリス」

倒れるジオを、受け止めたのは白い狼《オオカミ》から飛び降りた、精霊を連れた少女。

「――はい！」

そんな言葉とともに、気絶したジオを胸に抱き、迫る異形を少女はまっすぐに見つめた。

その横へと並ぶのは――

「おいおい、とんでもないことになっているな！」

そう叫ぶ、大斧を肩に担《かつ》ぐ偉丈夫。

「見たことのない魔物ね」

「見たことのある奴《やつ》も奥にいるな」

杖《つえ》を構える美女と、二本の剣をゆっくりと抜いた青年。

「戦闘準備！」

「私も出ます」

狼から人の姿へと変化した、四人の獣人。

「みなさん、力を貸してください！」

少女――エリスの言葉に、全員が当然とばかりに声を揃《そろ》え、こう言い放った。

「――任せろ」

こうして、〝鍵《かぎ》の悪魔〟と呼ばれる二人の脅威と、エリスたちの戦闘が開始したのだった。

激闘の始まりである。

胸の中にいる、血だらけの師匠に私はとりあえずありったけのハイポーションをぶっかけた。

「……バカ師匠」

私はそう言いながらも、なぜか頬《ほお》が緩むのを止められなかった。涙まで出ているのはきっと気のせいだ。

しかし、目の前で行われている戦闘を見て、気を緩ませるのはまだ早いと、自分の頬を軽く叩《たた》く。

「私も手伝わないと。師匠、少し待っててくださいね」

私は師匠を壁にもたれるように座らせると、精霊を召喚する。さらに師匠が無意識なのか、右手につけていた精霊銀の手甲を私へと差し出した。気絶していながらのその行動に、きっと意味はないのだろうけども、それを私は右腕に装着する。

それだけで、なぜか心が落ち着く。

「来て、ディーネ！」

私の言葉に応じて、水の精霊であるディーネが召喚陣から飛び出てきた。

「師匠を守って！」

ディーネが答える代わりに、師匠の周囲に水でできた結界を張っていく。

「よし！」

私はナイフを腰から抜き、構えた。

「クイナ、サラマン、お願いね！」

「きゅー！」

「ぴゅい！」

さっきまで怯《おび》えていたはずの二体の力強い返事に、私は頷《うなず》き返すと、空間の中央付近で行われている戦闘へと視線を向けた。

「くそ、なんだこいつら？」

「下手に触れると怪我《けが》をするぞ！」

ガーランドさんとガルドさんが、トゲトゲした魔物に驚きながら武器を振るう。

「あんたたち下がりなさい！　〝雷樹よ、その枝葉を伸ばせ――【ストーム・フロム・サンダーツリー】〟」

メラルダさんの詠唱とともに、魔物の群れの中心から巨大な大樹が出現。広がっていく枝葉から無数の雷が落ち、雷撃の嵐《あらし》が吹き荒れた。

「おい！　雷が掠《かす》ったぞ、魔女！」

ガーランドさんが叫ぶ。

「退避が遅いからよ！　文句言う暇あったら魔物が麻痺《まひ》状態のうちに仕留めなさい！　とはいえ、ワイズポーションの効果は想像以上ね。威力と範囲が制御しきれないぐらい大きくなってるわ」

メラルダさんの嬉《うれ》しそうな声。どうやらワイズポーションもちゃんと仕事しているようで一安心だ。

「おらあ！」

雷撃を受けたせいか、痺《しび》れて動きが鈍った魔物へとガーランドさんの大斧が振り下ろされた。私のポーションのおかげで筋力が強化されたその一撃をまともに受けた魔物が塵《ちり》となって消えていく。

それに続いて、ガルドさんとその部下のライルさんとザックさんが息の合った連携で攻撃を叩き込《こ》んだ。それぞれが魔物の急所を突き、絶命させていく。

「順調……とは言いがたいわね」

魔術を撃ち終わったメラルダさんが、なぜか苦い表情を浮かべた。

「このまま魔術で押し切れないんですか？」

メラルダさんの魔術は広範囲かつ高火力だ。いくら強そうな魔物でもこれだけ群れていたら一網打尽だろう。

そう思っての言葉だったけども、メラルダさんが否定する。

「見なさい、あいつら、学習して散開しはじめたわ」

確かに言われてみれば、生き残った魔物がバラバラに動きはじめた。中にはあえてこちらと距離を離すものまでいる。

「気味が悪いな。あんな動きをする魔物は見たことないぞ」

ガーランドさんもその動きに気付いたのか、背後へと回り込まれないように警戒する。

「魔術や広範囲を焼き払う竜のブレスを想定した動きよ。冒険者にとっては常識だけども、魔物がそんな動きをするなんて」

信じられないとばかりに首を横に振るメラルダさん。いずれにせよ、こうなるとさほど魔術の効果は見込めないという。

「まあ足止めぐらいにはなるでしょう」

「ちっ、美味《おい》しいとこはあいつらに譲ってやるさ」

ガーランドさんが笑って、ガルドさんたちを連れて再び魔物たちへと突撃していく。それを援護するようにメラルダさんが魔術を放つ。

激しい激突音が響き、金属同士がぶつかり合って火花が散る。

そんな戦闘の更に奥。そこでラギオさんが女性の剣士と激突していた。そしてそれを遠巻きに様子見する、フードを被《かぶ》った男。

それは、いつかあの渓谷でククルカン・イレクナを操《あやつ》っていたらしき人だった。

精霊召喚師……とも言われている人。

「イエラさん、ラギオさんの援護に行きます！」

「分かりました。乗ってください！」

狼の姿になったイエラさんの背中に飛び乗ると、私たちはガーランドさんたちが戦っている場所を飛び越えて、剣風吹き荒れるもう一つの戦場へと駆け出した。

「おいおい、こんなに強い剣士をあたしは知らないぜ？」

そう言って嬉《うれ》しそうに、自分へと迫る二本の刃を弾いたのは、師匠によく似た赤髪を持つ綺麗《きれい》な女性だった。それが、誰《だれ》かなんて今はどうでもいい。でもきっとあの人は——

「剣を交えることができて光栄だよ、ジークマリア。だが、あんたがいなくなって空いた、帝都五大剣士の座は俺《おれ》が貰《もら》った」

そう言って、ラギオさんが戻した剣の柄頭《つかがしら》を腰に取り付けた属性結晶へと叩き付《つ》けた。

その言葉で確信する。やっぱり……あの人が師匠のお姉さんであり、その師匠でもあるマリアさんだ。なぜ生きているのか。なぜ魔物をけしかけて実の弟を殺そうとしたのか。

分からない。だから今は考えないことにした。

「あたしの後釜か！　なら、もうちょぃ気合い入れてやらねえとな！」

マリアさんが笑いながら、離れた位置にいる私にまで伝わってくる殺気とともに斬撃を放った。

「——遅い」

でもその斬撃は誰もいない空間を虚しく斬るだけで終わった。なぜなら、風の属性結晶を取り付けた剣によって起こした突風で、一気に加速したラギオさんは既にマリアさんの背後へと回り込んでいたからだ。

「嘘《うそ》だろ？」

「これだけじゃないさ」

さらにもう片方の剣に取り付けた氷の属性結晶によって、刀身を覆《おお》うように生成された氷の刃をマリアさんへと薙《な》ぎ払った。

「凪に、氷だと？」

ギリギリでそれを躱《かわ》すマリアさん。一体どんな体能力を持っていればそんな動きができるのか。

「なんだその剣、面白《おもしろ》いな！　誰が作った？」

マリアさんがお返しとばかりにカウンター気味に、剣をラギオさんへと放つ。当然、それを見ていたラギオさんだったけども、その死角から、黒いモヤを纏《まと》った骨だけの鳥が飛来していた。

「あれは私が止める！」

私が言うまでもなくクイナが風を私の体に纏わせ、サラマンがナイフへと炎を纏わせた。

地面を蹴《け》って、加速。その勢いを乗せて、ラギオさんへと向かう鳥へとナイフを振り払った。

「っ⁉」

マリアさんの剣を弾《はじ》きながら、死角に迫る攻撃に気付いたラギオさん。でもそれが届く前に私が放った炎の斬撃が鳥を砕く。

「援護します！　イエラさんはガーランドさんたちを助けてください！」

「分かりました！」

「助かる！」

ラギオさんがそう返事して、再び剣を振るい、イエラさんが再び後方の戦場へと戻っていく。

「お、来たな、孫弟子！」

マリアさんが獰猛《どうもう》な笑みとともに、ラギオさんの剣を受け流しながら、私へと殺気を向けた。

「貴女《あなた》の弟子になった覚えはありませんよ！」

そう叫びながら、再びこちらへと襲ってきた鳥へと、ナイフを払った。

たとえこの人がマリアさんだとしても。師匠を傷付けた人をお師匠様だなんて絶対に認めない。

「この剣を作ったのもお前か！」

マリアさんがラギオさんの猛攻を捌《さば》きつつ、器用に立ち位置を変え、私へと迫る。

「知りません！」

私は後ろへと下がりたい気持ちでいっぱいになりながらも、負けたくないという想《おも》いだけでその場に踏みとどまり、マリアさんを睨《にら》み付ける。

「万能薬も作ったそうじゃないか。素晴らしく有能な錬金術師だ」

マリアさんが剣を私へと向けた。恐ろしいほどの威圧感と殺気に、体の震えが止まらない。

「お前の相手は俺だろうが」

風の力で加速したラギオさんがマリアさんを強襲する。しかし、それを無数の骨だらけの気味の悪い精霊たちが行く手を阻む。見ればあのフードの人が両手で召喚陣をいくつも描いていた。

なぜかそのやり方を見て、懐かしい感覚を抱いてしまう。

「あれって……」

「余所見する暇あんのか、孫弟子」

その言葉で我に返り、私は夢中でナイフを迫る刃へと払った。刃同士が激突し、私の腕はあっさりと弾かれてしまう。

「慣れないことはすんなよ。女は大人しく工房で作業しとけ」

マリアさんがその長い足で蹴りを放つ。防御は間に合わない！

と思った瞬間に、クイナとサラマンが同時に鳴き声を上げた。

「きゅううう！」

「ぴゅいいい！」

私を包んでいた風が炎を纏い、爆発《ばくはつ》。それをまともに喰《く》らったマリアさんが吹っ飛ぶ。

「ありがとう！」

私がお礼を言うも、なぜかクイナとサラマンは怒っているような様子だ。しかもその視線はマリアさんではなく、フードの人へと注《そそ》がれている。

「おいおい……精霊召喚師としても規格外かよ。なんだよその使い方。なんで精霊が自主的に動いてんだ？」

まるで何事もなかったかのように立ち上がるマリアさん。そこへ、骨の精霊たちを倒してやってきたラギオさんが追撃する。

「ちっ、こっちの精霊召喚師は使えないな！」

マリアさんが悪態をつきながら、ラギオさんの攻撃を防いでいく。

状況は一進一退。

メラルダさんたちの方を確認するも、魔物たちに善戦しているが、数が多すぎて徐々に押されてきている。

マリアさんはあのラギオさんと互角以上に渡り合っている。私が作った八属性を使い分けられる一対の剣、〝八極〟の力をもってしても、ラギオさんは押し切れていない。

さらにあのフードの人は、まだ本気を出していないように感じた。もし彼が動けば……この場は限りなくこちらが不利になるような予感がしていた。

例えば——あのククルカン・イレクナが一体でもこの場にいれば、私たちはあっさりと全滅してしまうかもしれない。

「今のうちになんとかしないと」

私がそう口にすると、どうやら向こう側も似たようなことを思っていた。

「おかしいなあ。おい、あいつらもこいつらもなぜこんなに強い？　ただの冒険者と獣人《セリアンスロープ》に、なぜ我々が、ウェポンビーストが勝てない？」

そんな疑問を、なぜか一度後退したマリアさんが隣に立つフードの人へと問うた。

「全員から微《かす》かに精霊の力を感じる。おそらく能力を底上げする精霊の力を何らかの方法で全員に付与している。多分だがポーションか何かだろう。〝刃の狩人〟どもがやられたのもこれのせいだな」

そのフードの人の声に、なぜか私は不思議な感情がこみ上げてくる。

なんで。なんで私は……そんな状況ではないのにこんなに懐かしくなっているのだろうか。

「やっぱりあいつか。いやあ、錬金術師って怖いな」

「バカ言うな。あれの力に比べれば錬金術なんざオマケだよ」

二人の会話。

なぜ私の話をしているのか。

「まあ、錬金術ならどうとでもできるが、問題は精霊の方だな」

「とりあえずさっさとアレを使え」

「へいへい。全く、ちょっとは戦闘を楽しもうぜ」

そんな言葉とともにマリアさんが何かを取り出す。それは、あの錬金術を無効化する魔導具――【錬金解除装置】だった。

私は慌てて、レオンさんに貰った魔導具を取り出す。ポーションの効果は消えないけど、ラギオさんの剣が壊れてしまうのはマズい！

「悪いが、ここからは本気を出すぞ」

【錬金解除装置】から光が放たれると同時に、私の魔導具からも白い光が溢《あふ》れ、相殺していく。

「あん？」

「くくく……きっちり対策されてるじゃないか」

おかしそうにフードの人が笑う。その笑い方に、やはり覚えがあった。

まさか。いやそんなわけない。

「こんな器用なことを短期間でやれるとすりゃあ、レオンか。やれやれ」

あっけなく【錬金解除装置】を放り投げたマリアさんが、なぜか持っていた剣を逆さまに握り直した。まるで、剣を自らに刺そうとせんばかりの握り方だった。

「正気か？　それを使うのはまだ先だろうが」

フードの人がそうマリアさんへと忠告する。

「いいから、やれ」

それが何を意味するか分からないけども、絶対に良くない何かだ！　それに気付いたラギオさんが疾走。

「止めるぞ！」

「はい！」

私もラギオさんを援護するべく、ナイフを持つ手に力を入れながら、その後を駆けていく。

「孫弟子をこの手に掛けるのは心苦しいが……扉のためだ、仕方ない」

「気は進まないが、協力しよう」

そんな言葉とともに、フードの人がやっぱり私がよく知る方法で、巨大な魔法陣を描いていく。

そこから現れたものを見て、クイナとサラマンが体を震わせたのを感じた。

それは、巨大な鳥だった。

表層に毒を蔓延《まんえん》させ、そして私たちを襲った、あのククルカン・イレクナだ。

「ここに来て、またあれか！」

ラギオさんがそう吐き捨てながら急停止。さすがに無謀に突っ込むことはしなかった。

「どうしますか？」

私もその横で立ち止まる。

「倒すしかないが……」

前回とはあまりに状況が違う。マリアさんとあのフードの人を相手しながら、巨鳥の相手をするのはいくらラギオさんでも無理だ。

だけど違うのはそれだけじゃない。なぜか巨鳥には攻撃してくる様子はなく、地面へと降りてきてマリアさんへとその頭を下げた。

その頭へとマリアさんが左手を置き――右手で剣を、自らの胸へと突き立てた。

「融……合……！」

マリアさんの体が光に包まれていく。

それを見たラギオさんが目を見開き、再び疾走を開始。

「あれはマズい！」

その行動の真意に私も気付き、慌ててナイフから炎の斬撃を放つ。

しかし、全《すべ》ては遅すぎた。

「無駄ダ」

光の中から、不快な金属音が交じった声とともに現れたのは――マリアさんとは似ても似つかない怪物だった。

それは人と鳥を混ぜ合わせたような異形で、辛うじて顔にはマリアさんの名残がある。両手の先には長い鉤爪《かぎづめ》が生えていて、背中から生えた翼の羽も、よく見れば全て鋭く研がれた金属のような物質でできていた。

まるであの剣とマリアさん、そしてククルカン・イレクナを混ぜ合わせたような見た目だ。

その異形——変貌したマリアさんがラギオさんの攻撃を鉤爪で防ぎ、翼であっけなく私の斬撃を打ち消した。

「こいつは…強いぞ！」

剣を鉤爪で掴《つか》まれたせいで身動きの取れないラギオさんへ、マリアさんの右翼が打ち付けられる。

咄嗟《とっさ》に剣を離してラギオさんが回避。

「剣士が剣を離スとはナ！」

不快な音とともに嘲笑《あざわら》うマリアさんが、掴んだラギオさんの剣を背後へと放り投げた。

「二本あるからな。一本取られたところでどうということはないさ」

なんて強がりを言うラギオさんだけど、ここに来てはじめて冷や汗を掻《か》いているのが見えた。

「そりゃ結構ダ！」

マリアさんが地面を蹴りつつ翼をはためかせて爆風を巻き起こす。あっという間にラギオさんへと肉薄した彼女が、その速さと勢いを乗せた力任せの蹴りを叩き込んだ。回避どころか防御すらも満足にできないラギオさんがまともにその蹴りを食らってしまう。

「あがっ！」

まるで、砲弾か何かが炸裂《さくれつ》したような衝撃音とともに、ラギオさんが吹っ飛ぶ。

「あーあ。死んじまったかもナ。この体は力加減が難しイ」

「ラギオさん！」

地面に倒れたまま動かないラギオさんへと私は駆け寄る。彼の胸を覆っていた金属質の鎧《よろい》が、砕けてしまっている。

「あ……れは……強すぎる……逃げろ……！」

辛うじて生きているといった状況のラギオさんが私の手を摑む。

「何言っているんですか！」

私は残りのハイポーションを全てラギオさんへとかけようとするも、背後におぞましい気配。

「お前は殺すナと言われていル。こちら側につけばお前の命だけは助けてやル」

私は振り向くと同時に、ナイフを払った。

口にするまでもない。私の大切な人たちを傷付けたこの人を許せるはずがなかった。

「お断りします！」

「なら仕方なイ。ここで死ネ」

マリアさんが両腕を振りあげた。計十本の鉤爪が私を切り裂こうとギラギラと光っている。

恐怖が体をすくませる。

背後で、私を呼ぶ声が聞こえる。誰かが私を助けようと走っている音がする。

クイナとサラマンが何かしようとしているが、もう間に合わないのは目に見えていた。

「ジークマリア。それは――止めておけ」

フードの人の警告。

「肉親に対する情は我らには必要なイ。そう言ったのはあんただゼ」

しかしそれを無視して、凶刃が私へと振り下ろされた。

死を間際《まぎわ》にして、なぜか唐突に忘れたいたはずの思い出が蘇《よみがえ》ってきた。

それはまだ幼い私が、病弱でいつもベッドに伏せていた母へと甘えていた、ある暖かい午後のひと時。

『エリス。本当に、本当に困った時は精霊たちを頼りなさい。彼らを信じなさい。そうすれば……きっと応《こた》えてくれる』

母の声が頭の中で響く。

精霊を頼るって言っても、私はいつも頼りっぱなしだよ。

『なら信じるだけでいい。信じるだけでそれは彼らの力となる』

信じる。信じるってなんだろう。

『命を預けてもいい、そう思えることよ。そうすれば彼らは――』

母の声が遠くへと消えていく。

現実が再び戻ってくる。

迫る十本の死。

死にたくない。まだやりたいことはいっぱいある。

師匠に言わなければいけないことが、教えてもらいたいことが山ほどある。

だから――

「助けて、クイナ。助けて、サラマン」

涙が零《こぼ》れ、思わず口から出たその言葉とともに、魔力がどこからともなく溢れ出てくる。

『大丈夫だよ、エリス』

『僕たちに任せろ』

そんな声が——聞こえた気がした。

＊＊＊

ジオが目を覚ました時、状況はめまぐるしく変わりつつあった。

「くそ、こいつら異様にしぶといぞ！」

トドメを刺したはずの魔物が再び起き上がったのを見て、ガーランドが叫ぶ。

「属性に対する耐性が異常ね」

大規模魔術を撃ち終えたメラルダが舌打ちしながら、後退した。明らかに最初よりも魔術の効きが悪くなっている。

嫌な予感でしかないが、おそらくこの魔物たちは戦闘中に学習し、成長している可能性があった。

「ちょっとマズい状況ですね！」

いたるところを怪我《けが》しているイエラとガルドがメラルダの位置まで下がってきた。部下であるライルとザックの獣人二人も、携えていた武器が既にボロボロになっている。

「装備がもたないぞこれ！」

「何とかエリスさんのポーションがあるから戦えているが……ちと厳しいな」

そんな面々を見て、ジオが声を上げる。

「エリスは、エリスは無事か？」

「ラギオと一緒に奥で戦っているけど……ってあれは！」

メラルダの視線の先。それは新たに現れた巨大な魔物、ククルカン・イレクナだった。

「なんであいつが！」

気付いたガーランドが吼《ほ》える。

「あれまで参戦したらさすがに勝てないぞ？」

そんなガルドの言葉を聞いて、ジオが苦い表情を浮かべた。彼だけはこうなる可能性を知っていたからだ。

その場にいた全員がどうすればいいか分からずに硬直していると、更に状況は急変する。

マリアの不可解な行動。

それを見たジオが最悪の予想を口にする。

「まさか……あれを融合させる気か？」

その言葉が目の前で現実となり、翼の生えた異形が誕生する。

姉が自らを魔物と融合し、見た目すらも自分が知る存在ではなくなってしまった。

その圧倒的威圧感、存在感が、離れたこの位置まで伝わってくる。

あのラギオがあっけなく倒れ、絶望が全員を包み込んだ。

「おいおい……さすがにあれは……」

ガーランドがそれ以上口にせず、呆然《ぼうぜん》と立ち尽くす。

ラギオが倒れた今、異形の目の前にはエリスしかない。

その事実に気付く、ジオの顔から血の気が引いていく。

「……エリス！」

考える前にジオは足元に落ちていた、ガーランドが予備として持ってきていた剣を拾い、痛みを無視して駆け出していた。

「無茶です！」

イエラが叫び、狼の姿に変身すると、走るジオの体を鼻で掬《すく》って無理やりに背中へと乗せた。

「うお？」

そのまま迫る魔物の群れを飛び越えて、二人がエリスを救わんと走る。

しかし無情にも、マリアの鉤爪が振り下ろされた。

「エリス！」

ジオが手を伸ばす。間に合わないと分かっていても。

その時。

彼は確かに見た。

エリスの肩に乗るクイナから。

彼女の腕にしがみ付いていたサラマンから――光が溢れ出すのを。

「バカな」

それを誰が言ったかは分からないが、確かにその場にいた全員の気持ちを代弁していた。

マリアが、吹き荒れる青い風と紅蓮《ぐれん》の炎によって、エリスに触れることすら敵《かな》わずに壁際まで吹っ飛ばされる。

「なんだありゃ」

「ククルカン・イレクナか……？」

「それと――ドラゴン」

ガーランドたちの言葉通り、地面へと倒れたエリスの左右に、先ほどはいなかった二体の巨大な存在がまるで、彼女を守るように佇《たたず》んでいた。

先ほどマリアと融合した巨鳥――ククルカン・イレクナと似た姿の、青い羽に覆われた巨大な鳥。

赤い鱗に覆われた、トカゲを思わせる姿に一対の翼が生えた、迷宮《メイズ》における最強と謳われる存在――ドラゴン。

その二体が同時に咆吼《ほうこう》を轟《とどろ》かせた。

「キュオオオオオ！」

「ギュラアアアア！」

思わず立ち止まってしまう、イエラとジオ。

誰もが困惑するなか、一人だけ満足げな笑みを浮かべていたのは、一番奥から様子を窺《うかが》っていた男――アルスだけだった。

「ふざけるナ！」

起き上がったマリアが吼え、魔力が空間に拡散される。すると、ガーランドたちを襲おうとしていた魔物の群れが突如反転。新たに現れた青い巨鳥と赤いドラゴンへと殺到する。

「仲間割れ……いや違う。あの二体は――」

ジオはなぜかその二体のことを知っているような気がしていた。

全員が見守るなか、異形同士の戦闘が始まる。

しかしそれはあまりに一方的だった。

青い巨鳥が宙へと舞い上がり、その翼から放たれた渦巻く風弾がまるで雨のように、襲ってきた魔物たちへと降《ふ》り注ぐ。

あれほど苦労したはずの魔物たちがあっさりと風弾によって切り刻まれ、塵となって消えていく。

さらに赤いドラゴンがまるで丸太のように太い尻尾《しっぽ》を払い、十体近くの魔物をまとめて薙ぎ倒した。

その勢いのまま、刃のような牙《きば》が並ぶその口が開かれ、業火が吐き出された。

「イエラ！」

近くにいたジオたちにも炎が迫り、思わず彼はそう叫んでしまう。

しかし青い巨鳥が一鳴きすると、その真下にいたエリスとラギオ、少し離れた位置のジオとイエラ、さらに後方にいたガーランドたちを青い風のヴェールが包み、炎を防いだ。

「これって」

それはジオとメラルダには覚えのある光景だった。エリスが移動の時や、砂埃《すなぼこり》を払う時に使う、風の精霊の力とよく似ていた。

「あれは……まさか」

ジオはその先を口にせず、沈黙するしか他なかった。

こちらを炎から守る行為。

どこかで見たことあるような姿。

精霊の力。

「クイナ……なのか」

ジオがそう口にする。

疑問は残るが、それしか考えられなかった。

「エリスを守るために、戦っているのか」

あの青い巨鳥がクイナで、赤いドラゴンがサラマンだ。

ジオはそう確信した。

もはやその規格外の力に立ち尽くすしかない面々の前で、あっという間に全滅した魔物に代わって、マリアがクイナとサラマンへと襲いかかる。

「ありえなイ！」

だが、もはやそれは戦闘ですらもなかった。

まるで羽虫を払うかのような動作で払われたサラマンの前脚による一撃で、翼が千切られたマリア。さらにクイナの放った風弾の直撃を受け、あっけなくその体が吹き飛ぶ。

それが偶然か、必然か。

彼女は瀕死《ひんし》の状態で、ジオのすぐ足元へと転がってきた。

彼は思わず、手に持つ剣を向けてしまう。

「クソ……なんだあれハ……こんなの聞いてなイ」

満身創痍《まんしんそうい》で立ち上がることすらできないマリアが、苦痛で顔を歪《ゆが》ませながら自らへと刃を向けるジオを見上げた。その禍々《まがまが》しい右手が地面にあった何かを握ったことに、誰も気付いていない。

「あたしが悪かっタ……だから助けテ、じオ」

「マリア……」

その言葉に、ジオが一瞬、彼女を助けようと迷ってしまう。彼女へと向けていた刃を降ろそうとしたその瞬間、マリアの口元が歪んだ。

「だからお前は……いつまでも甘ちゃんなんだよ」

元通りの声と口調になったマリアが、右手の拳《こぶし》をジオの胸元《むなもと》を狙《ねら》って放つ。

「ジオさん！」

その動きを見てイエラが叫ぶ。

ジオは迷ったままの表情で、その目に涙を滲《にじ》ませ——マリアの拳が届くよりも早く、剣を突き出した。

「かはっ」

ジオの剣がマリアの胸を貫いた。

血すらも出ないが、マリアの瞳《ひとみ》から光が消えていく。

だから彼女は最後にジオへと突きだした拳をゆっくりと開いた。

「ジオ……ごめんな。それと……トドメを刺してくれて……ありが……と……う」

その拳の中には……砕けた水晶が握られていた。それは、握り締めたせいで砕けた、この空間のいたる所に生えている結晶花の蕾《つぼみ》であることに気付いたジオが慟哭《どうこく》する。

それはマリアが迷宮で死ぬことになるきっかけの素材であった。

「バカ姉が……なんでだよ……！　なんであんたはいつもそうなんだ！」

ジオが何度もマリアの胸を叩くが——既にマリアは事切れていた。

最後に正気を取り戻し、せめて弟の手によって死にたいという願いが叶《かな》ったのか、その顔には安堵《あんど》の表情が浮かんでいる。

「ジオさん……」

隣にいたイエラがどう声を掛けたらいいか分からず、立ちっぱなしのまま、視線を彷徨《さまよ》わせた。

既にマリアが生成したウエポンビーストは全滅。クイナとサラマンは再び光に包まれ、元の姿へと戻っていた。

もはやこの空間に残っているのは、なぜか途中から傍観者と化していた、フードの男——アルスのみだ。

「素晴らしい！　ようやくエリスの中に眠る血が覚醒《かくせい》したか。この力ならきっと到達できる！」

アルスが高らかにそう宣言し、倒れているエリスへと歩み寄る。

それを止められる者は誰もいなかった。

「ジオさん！　エリスさんが！」

イエラがそれを見て、マリアの亡骸《なきがら》の傍《そば》で俯《うつむ》いているジオへと叫んだ。

「事情は分かりませんが、今は生きている人のために動いてください！　エリスさんを助けないと！」

「……ああ！」

ジオが顔を上げ、エリスの下へと駆け出す。

しかし全ては遅すぎた。

「茶番はこれぐらいにしておこう。さらばだ、冒険者たちよ」

倒れているエリスを両手で大事そうに抱え上げたアルスがそう宣言し、背後に巨大な魔法陣が出現する。

「待て！　エリスをどうする気だ？」

「お前には関係ないことだよ」

アルスがそうジオの言葉を一蹴すると、背後の魔法陣へと足を踏み入れた。

「ま、待て！　待ってく――」

その言葉をまるで嘲笑うかのように、エリスを抱えたアルスが魔法陣の中へと消えていったのだった。

「エリス！」

ジオの叫びが、静寂になったその空間に虚《むな》しく響いたのだった。

第十話　鍵の悪魔

目が覚めると、そこは薄暗い場所だった。

何か不吉な予感をさせる空間で、目の前は階段状になっていて、奥に行くほど高くなっている。その頂点には小さな祭壇があって、誰《だれ》かがまるで祈りを捧げるようにその前でうずくまっていた。

「……あ……れ？」

記憶が曖昧で、なぜ自分がここにいるのか分からない。私が立ち上がって上を見ると、天井《てんじょう》の一部が崩れていて月明かりが差し込んでいる。でもそれだけではここが外なのか、それともまだ迷宮《メイズ》内なのかは判別できない。

「起きたか」

そんな声が聞こえてきたので私が振り返ると――あのフードを深く被《かぶ》った男の人が立っていた。

私は身構えてナイフを抜こうとするとも、腰の鞘《さや》に収まっているはずのそれがないことに気付いた。さらになぜかクイナとサラマンまでいなくなっている。

彼らが私やみんなを守ってくれたのに、お礼もまだ言えていないのに。

「貴方《あなた》は誰なんですか！」

武器もなく頼れる精霊たちもいなくて心細いなか、私は精いっぱいの強がりを見せた。

「まだ気付いていないのか。俺《おれ》は悲しいぞ、エリス」

その言葉とともに、その人はゆっくりとフードを外した。

冬の空みたいな青い瞳《ひとみ》。私とは違うフワフワの金髪。髭《ひげ》が生えて、少しやつれているけども、その顔を私は忘れるはずもなかった。

なぜ。どうして。

そんな疑問が次々と頭の中に現れては消えていった。

だから私はただ一言、こう言う他なかった。

「……お父さん」

その人は――迷宮で行方《ゆくえ》不明となっていた私の父だった。

「久しぶりだな、エリス。見ないうちに背が伸びたんじゃないか？」

父が記憶の中と同じ、くしゃっとした笑みを浮かべる。私はあの笑い方が好きだった。

なのに、なぜかそれが私には怖く感じられてしまった。

「お父さん……今まで何していたの？　なんで冒険者を襲うの？　なんで……帰ってこなかったの」

母が死に、父が失踪してからの日々を思い出す。

寂《さび》しかった。

会いたかった。

こうして再会できたのに……なんでこんなに嬉《うれ》しくないのだろうか。

「俺には俺の事情があったんだよ。だが、喜べエリス！　お前の力さえあれば――お母さんに会えるぞ！」

そんなことを父が言い始めた。その目にはおかしな光が宿っていた。

「お父さん……何を言っているの？　お母さんはもう死んだんだよ」

「エリス。お前が他の精霊召喚師とは違うということは自覚しているな？」

その問いに私は答えられない。

私の精霊召喚のやり方は父に教えてもらったものだけども、父は教えるだけで、実際に私と同じように精霊を召喚することはできなかった。師匠もおそらく他の精霊召喚師は真似《まね》できないと言っていた。

それが何を意味するのか。

だけども、父から語られたそれは、私の想像を遥《はる》かに超えたものだった。

「エリス。お前の母は人じゃない――精霊だ。しかもただの精霊じゃない。全《すべ》ての精霊たちの頂点に立つ、精霊王の血を引いている」

お母さんが……精霊？　一体この人は何を言い出すんだ。やっぱり父は壊れてしまったのかもしれない。それはそう思わせるに十分な言葉だった。

「お母さんはお母さんだよ！　お父さん、おかしいよ」

「だが、先ほど見せたあの力。精霊の真の力を引き出したあの力は、あまりに常軌を逸していると は思わないか？　お前はたった二体の精霊だけで――あの場を完全に制圧したんだ」

「それは……」

おぼろげな記憶しかないが、それでもこの目にはっきりと焼き付いている。巨鳥となったクイナが、ドラゴンとなったサラマンが、私を守るために戦ってくれた光景が。

「それでも……お母さんが精霊だなんて……そんな信じられない」

私がそう否定しても、父は語りを止《や》めなかった。

「俺がまだ若かった頃、たまたま出会った美しい女性……リーナ。彼女は精霊界からこちらの世界に迷い込んでしまったと語った。俺は彼女が精霊界へと戻れるように手を尽くしたが、結局それは叶《かな》わなかった。その代わりに、尊い命を授《さず》かったんだ……そう、エリスだよ」

父の言葉に嘘《うそ》はないように思えた。でも、ただそれだけだ。母が精霊だなんて言葉を信じられるわけがない。

「だが、元々この世界の住人ではないリーナにとって、出産はとても負担がかかるものだった。俺は産まない選択肢もあると説得したが無駄だった」

その言葉が重く響く。

でも、もし――これが真実なら。

「お母さんは……」

「お前を生んでからどんどん衰弱していって……最後には亡くなった」

「私のせいで」

悲しみがこみ上げてくる。それが真実かどうかは分からない。でも、そうかもしれないと思わせる力があった。

「俺にとって、エリスはリーナの忘れ形見だった。だけども、俺はエリスの力を見ているうちに、ふと気付いてしまったんだ。リーナが精霊で、もし誰かに、あるいは何かによってこの世界へと喚《よ》ばれた存在なのだとしたら――精霊界にリーナはまだいるんじゃないかって」

「どういうこと……？」

「この世界に召喚される精霊は、本体ではないことはお前も知っているだろう？　つまり俺たちの知っているリーナは召喚された分身でしかなくて、本人はまだ精霊界で生きているかもしれない」

「お母さんが……生きてる」

父の言うことは、確かに一理あるように思えた。もし本当にお母さんが精霊で、喚ばれた存在であるなら、その本体とも言うべき存在はまだ精霊界にいるのかもしれない。クイナだってこっちの世界で消えたところで、精霊界にいるクイナ自身が消えるわけではないのだから。

「エリス。俺は精霊界へと行くための扉を探すためにこの迷宮にやってきたんだ。そして迷宮の深層で俺は真実を知った。教えてもらったんだ」

「真実？」

「この迷宮の真実だ。なあ、おかしいと思わないか？　なぜ、何もなかったはずの地下にこんな広大な迷宮が生まれたか。しかもまるで別世界のような場所がだ」

それは私も疑問に思っていたことだ。なぜ地下にこの世界が広がっているか。それに答えられるものは誰もいないはずだった。

「まるで別世界のようだと今言ったが……それはまさに言葉通りなんだ。この迷宮こそが、精霊界なんだ。ここが精霊界への扉そのものなんだよ！」

父が崩れた天井を仰《あお》ぎ、感無量とばかりに声を上げた。

「精霊界？　ここが？」

「正確に言えば、無理やり歪《ゆが》められ、切り取られた精霊界の一部だ。かつて、精霊界の存在を知り、精霊界へと行くことを模索した人物がいる。しかし彼は結局精霊界への扉を見付けることはできなかった。だが、精霊を召喚する技術を応用して、精霊界そのものを召喚することに成功した。向こうに行けないのなら……向こうからこちらに来るようにすればいい……そんな理屈の下に」

話の流れが読めてきた。つまり、そうやって召喚された精霊界の一部がこの迷宮だと言いたいのだろう。

でもそれってつまり迷宮は個人によって作られたということになるし、何より世界そのものを一部だけでもこうして召喚してしまうなんて、あまりに常識の範囲外すぎる。

「俺は深層でその人物に出会った。〝賢者様〟と我々が呼んでいる彼は、今もなお、諦《あきら》めていないんだ――精霊界への扉を開くことを。必要なものは、鍵《かぎ》。多くの人間の魂を使って作る鍵だ。そのために迷宮はうってつけだったんだよ――人はここでは容易《たやす》く死に、そしてそれが自然だと思われている」

私には分かる。きっと、父はその〝賢者様〟とやらに出会って歪められてしまったんだ。きっと、マリアさんだってそうに違いない。

「お父さん。それは間違っているよ。人をたくさん傷付けて、犠牲にしてまですべきことなんて、何もない。たとえ、それがお母さんに会うためでも」

「精霊界とこの世界が繋《つな》がればより豊かになれる。帝国がこれだけ成長したのは、全て迷宮のおかげなんだ。だから——これは必要な犠牲だ。だけども、エリス。お前がいればその犠牲は半分で済むかもしれない。そう賢者様は仰《おつしや》った」

父が私の両肩を摑《つか》む。それに拒絶反応を起こし、私は思わずその手を振り払ってしまう。

「お前も賢者様と話せば分かる」

「いや。そんな人と会いたくないし、喋《しやべ》りたくもない！」

私の否定を父は無視して、無理やり私の体を担《かつ》ぎ上げた。

暴《あば》れる私を無視して、父が一歩一歩、上にある祭壇へと上がっていった。

祭壇の傍にうずくまる小さな影。それはよく見れば半裸の老人だった。痩せ細った、まるで死体のような、カラカラの体。

その姿はまるで不吉の象徴のようで、恐怖がこみ上げてくる。

「放して！　お父さん！」

なぜか精霊がいつもみたいに喚べず、大人の男性の力に、私は敵《かな》わない。

父が祭壇の傍に私を降ろすと、逃げないように後ろから羽交い締めにしてきた。

「賢者様！　ついに連れてきました！　マリアの計画は失敗に終わりましたが、私の娘さえいれば、もっと容易くなるでしょう！」

「……」

しかしそれは身動き一つ取らず、言葉すら発していない。

私の目には、やはりそれは死体にしか見えない。

「賢者様……どういうことですか、それは――」

父の困惑したような声。

そんな父に答えるように、別の声が祭壇の裏から響く。

「話が違うって？　そんなことはないよ。犠牲は半分に済む。でも、君の娘が犠牲にならないとは一言も言っていない」

祭壇の裏から出てきたのは、まるで貴族のような格好をした黒髪の少年だった。その整った顔立といい、黒髪といい、どこかで見たことのある姿だった。

「ルーク……お前、まさか知っていたのか」

父が、ルークと呼んだその少年が、ニヤリと笑った。

また一人、知らない人が出てきた。この子は誰なんだ。話しぶりからすると、父の仲間のようだけども。

「もちろん知っていたさ。そもそも、鍵を作るための犠牲は魂の数と質に比例する。そして我々が愛する者ほど、その質は高くなる。だから愛する弟を、愛する娘を、敬愛する兄を――地上に残して死んだ我々を鍵の悪魔として賢者は選び、蘇《よみがえ》らせた。最初から、君の娘が犠牲に入るのは決まっていたんだよ。君が愛する娘とともに再び妻に会えるなんて、平和ボケしたことを願った時からね」

「嘘だ！　そうですよね、賢者様？」

父が叫ぶ。しかし、やはり賢者と呼ばれたその死体は何も答えない。

「なぜ、答えてくれないのですか？」

「あはは！　だって、それ、とっくの昔に死んでるもん」

ルークが心底おかしそうにそう笑った。

「何を言う、さっきまで俺には声が聞こえていた！」

父がもはや私なんてどうでもいいとばかりに、突き放し、ルークへと食って掛かった。

「それ、全部僕の声だよ。君が聞いていたことは全て、僕の言葉だ」

ルークがまるで当然とばかりにそう答え、自分より背が高く、体の大きい父を見下すためだけに、祭壇へ上った。

「そんな……ばかな……」

父が愕然《がくぜん》とし、賢者と呼ばれていた死体へとすがりつく。しかし、長年放置されていたのか、脆《もろ》くなったその体はあっけなく崩れる。

「嘘だ……」

父が膝《ひざ》を地面へと落し、絶望した表情を浮かべるとそのまま、うずくまってしまう。

「嘘じゃないさ。ああ、ちなみに賢者を通して僕が言ったことは全て真実だよ。それだけは保証する。さあアルス。始めようじゃないか。その娘の魂を使えば、鍵の完成は目前だ。あとはその魂の力を使って適当に精霊を暴走させて冒険者どもを殲滅《せんめつ》すればいい」

さらりとルークが恐ろしいことを言った。私の魂を犠牲に？　精霊を暴走？

ふと、嫌な光景が頭をよぎる。クイナやサラマンのあの力が、魔物じゃなくて人に向けられたら……きっと大惨事になるだろう。

それを止められるのは、私しかいない。

「人の魂を犠牲にするとかどうとか、私を抜きにして話を進めないでください！」

そう私は宣言し、ルークを睨《にら》み付《つ》けた。

全ての元凶は、こいつだ。

死んだはずの父やマリアさんを蘇らせ、歪ませた張本人。

冒険者の魂を集め、精霊界への扉を開けようとする悪魔。

どうせ精霊界へ行きたい理由だって、ろくなもんじゃない。

「君に選択権はないんだけど？　精霊も喚べない、力もない小娘がどうする気だい」

ルークが私を嘲笑《あざわら》う。父は、未《いま》だにうずくまったままで、正直言えば、全く手はない。

だけどその時、私は天井から差し込む月明かりを――右手がキラキラと反射していることに気付いた。

それは――師匠から渡された、あの精霊銀の手甲だった。

「さあ、僕の物となれ。そして、復讐の炎に灼《や》かれろ！」

その言葉とともにルークの姿が醜く変貌する。黒い翼に、角。それはまさに悪魔と呼ぶに相応《ふさわ》しい見た目だった。

そんな悪魔と化したルークが私へと襲いかかってくる。

「お断りします！」

私は無茶だと分かっていても、手甲を握り締め、願った。

その銀の中に眠る精霊の力を、どうか呼び覚ませますように、と。

私には確信があった。多分、この力の使い方を分かっている。精霊がいなくても——精霊錬金で作ったものから、精霊の力を抽出し、覚醒《かくせい》させることを。

「あいつを倒して——【騎士の精霊・ハルト】！」

私の呼び掛けに、光が呼応する。

そこに現れたのは、不完全ながらも銀鎧を纏《まと》った一人の男性。なぜか兜は半分割れていて、そこから赤髪が覗《のぞ》く。その姿は、なぜか私には師匠に見えた。

「ありえない。精霊は喚べないようにこの空間全体に魔術を施したのに！」

ルークが驚きながら、現れた銀騎士へと突撃する。それに対して銀騎士は持っていたボロボロの剣を一閃《いっせん》。

「その程度でやられるか！　僕は！　僕は！」

斬られながらもルークが銀騎士へとその拳《こぶし》を振りぬいた。銀騎士も必死に抵抗しているが、押されつつあった。

このままじゃ負けてしまう！

「エリス」

その時、背後でそんな声がした。

「お前はここから逃げろ。あいつは俺がなんとかする」

「え？」

私が振り返ると同時に、立ち上がっていた父が、私の手を引っぱった。

「あっ」

引っぱられた先の床の上には、巨大な魔法陣。

「待て！　ふざけるなアルス！　そいつは必要なんだ！」

ここで初めて余裕をなくした声でルークが叫んだ。

「もう今更かもしれないが……エリス、また会えてよかった。どれだけの言葉を足しても足りないが……すまなかった。あとは俺がやる」

私は魔法陣に吸い込まれながら、父へと手を伸ばした。

「お父さん！」

しかし、私の目の前で魔法陣が閉じていく。

最後に見えたのは、倒れた銀騎士の剣を拾って、ルークへと突き立てていた父の姿だった。いかなる現象なのか、あの祭壇のあった部屋自体が崩れていく。

「お父さん！」

もう一度、私は叫んだ。

しかし魔法陣は閉じられ、私は気付けば、真っ暗な草原の真ん中に立っていた。

「お父さん……なんで」

夜風が草を揺らし、草原の向こうに帝都の街の灯りが滲《にじ》んで見えた。

私の涙はしばらくの間、止まることはなかったのだった。

師匠が失踪し、鍵《かぎ》の悪魔と呼ばれる者たちの暗躍と事件を未然に防いでから、既に一カ月が経《た》とうとしていた。

幸い、怪《け》我《が》人は出たものの死者は出なかった。それでも私と師匠はバタバタと後処理に追われていた。なんせ、新しく作ったポーションと【導火指針《フレイムガイド》】の大量生産を皇帝陛下にお願いされているからだ。

そのせいで、あの事件以来、私と師匠はまだキチンと話せていなかった。事件の全容も未《いま》だによく分からず、私は何から話せばいいか、まだ自分の中で整理できていなかった。

迷宮《メイズ》の真実。賢者と呼ばれた存在。鍵の悪魔。

「師匠」

作業をしながら私は師匠へと声を掛けた。

「どうした」

「死んだ人を蘇《よみがえ》らせることってできるんですかね？」

私の言葉に、師匠が作業の手を止めた。

「……無理だよ。賢者の石をもってしても、できるのは不老不死だけで、死んだ者を蘇らせることはできない」

そう言って、師匠が煙草《たばこ》に火をつけた。休憩にしようってことだと察して私は、お茶を淹《い》れるべく、お湯を湧《わ》かし始めた。

「じゃあ、あれは誰《だれ》だったんでしょう」

あえて、名前を言わずにそう私は問うた。

「さてな……似た何かであることは間違いない。だけども、本人かどうかは別の話だ。俺《おれ》は違うと思う。そう思いたい」

「ですよね」

でも、お父さんは最後にはお父さんになっていた気がする。

「あの事件については、陛下が詳しく調べているそうだ。何やら俺らより色々と知っていそうな雰囲気だったから、そのうち説明があるだろうさ」

「皇帝陛下か……」

そういえば今思うと、あのルークと呼ばれた悪魔の少年は、どこか皇帝陛下と似ている気がした。

「師匠。皇帝陛下って弟がいたって話は聞いたことあります?」

「ん? 皇帝陛下に弟? そういえば、いた気がするな。だが数年前に事故で亡くなっているはずだ。盛大な葬儀が行われたのを覚えているよ」

「そうですか」

「それがどうした?」

「いえ」

あの子は、やはりそうなのかもしれない。

でもそれを確かめる術《すべ》はなかった。皇帝陛下に直接聞く以外は。

そしてその機会は意外と早く訪れそうだった。

私が師匠とお茶を飲んでいると、工房に一人の兵士がやってくる。

「こちら、陛下より招待状です」

兵士さんがそう言って一枚の手紙を手渡してきた。

白い綺麗《きれい》な封筒に、赤い蠟封《ふうろう》。それはいつか見た、竜の紋章だった。

つまり、皇家の印に他ならない。

「陛下から？」

「はい。四日後に行われる祝宴の主賓として、お二方を招待するようにと」

「主賓？」

師匠が驚いたような声を出す。

「準備に必要なものがあればいつでもお申し付けください。それでは私はこれで」

兵士さんがそう言って、工房を去っていった。

「……主賓って」

「なんの祝宴なんでしょうか？」

「そりゃあ、あれじゃないか、ついこないだ締結した、獣人《セリアンスロープ》連合国との和平じゃないか。だが、俺たちが主賓というは解せないが……」

「でも、行かないわけにはいかないですし」

「だな。だが着ていく服がねえな。さすがにこんな格好だとマズいだろうし」

作業で汚れた服を引っぱって、師匠が笑った。

「私もないです……」

「まあ必要なものがあればなんでも用意してくれるとさっき言っていたしな。今日は作業を終えて、準備をしよう」

「はい！」

それから私と師匠は、あれこれ準備をして、四日後の祝宴を迎えた。

慣れないドレス姿に戸惑っていると、高級そうな馬車に乗ってなんと皇帝陛下がわざわざ迎えにやってきた。

「やあやあ、お二人とも、似合っているね」

皇帝陛下が朗らかに笑うので、私と師匠は苦笑いするしかない。どこの世界に、ただの平民をわざわざ迎えに来る皇帝がいるだろうか。

でも、私たちもバカじゃない。きっと、何か意図があるはずだ。

「光栄であり、かつ恐縮しきりです。ですが、陛下、何か我々に話したいことがあって、こうしてやってきたのではないですか？　馬車の中なら、誰かに聞かれることもない」

馬車に乗ったあとに、師匠がそう切り出した。

「あ、バレてた？　うん、まあ色々と、特にエリスちゃんには聞きたいことがあるし、逆に僕へと聞きたいことがあるんじゃないかな」

その言葉に、私は頷《うなず》いた。

「師匠にもまだ全《すべ》て話せていませんが――」

私はそれから父の話やルークの話、そしてその結末を話した。

「……鍵の悪魔か。そいつは確かにルーク、と名乗ったんだね？」

皇帝陛下が顔色一つ変えずにそう聞いてきたので、私は頷いた。でも、分かる。顔には出していなくても、陛下が動揺していることを。

「陛下、陛下には弟がいらしたんですよね？　数年前に亡くなったという」

「……ああ、その通りだ。弟は、ルークは迷宮内で亡くなった。事故だったという話になっているが、違う。弟は殺されたんだ」

やっぱり。私はそんな気がしていた。

「その話は……」

師匠が絶句する。

「もちろん、秘密さ。誰も知らない。知っているものは全員死んだ。僕を除いてね」

陛下がまるで黙禱《もくとう》するように目を閉じた。

「僕は弟を可愛《かわい》がっていてね。母は違うが、それでも実の兄弟として仲よくやっていた。だけども、僕のことを気に食わない連中が、弟を皇帝にすべきだと、派閥を作りはじめた。よくある権力闘争さ」

皇帝陛下が淡々と語るその内容は、平民である私たちには信じられないような話だった。

「結果、宮中はレザード派と弟のルーク派に分かれた。僕もルークも、馬鹿馬鹿《ばかばか》しいと笑っていたんだ。当の本人たちがそもそもそんな争いをする気がなかったからね。でも、ルークは死んだ。いや、殺されたんだ。レザード派……つまり僕の味方によってね。迷宮の視察中の襲撃ということになっているが、真実は違う」

「それは……陛下は後から知ったのですか」

「後から知った。僕には一切《いっさい》知らされてなかった。きっと弟は……僕に裏切られたと思っただろうね」

「……ああ」

ルークが鍵の悪魔となった理由は分からないが、彼は復讐《ふくしゅう》という言葉を口にしていた。それはきっと、陛下に対する復讐なのだろう。

「ま、つまりだ。偶然か必然か、ここにいる三人は全員、身近な人を迷宮で失い、そしてそれが悪魔として蘇ったことを知った者だ。ジークマリアは君たちの活躍で消滅、アルスとルークに関しては詳細不明だ。死んだかもしれないし、死んでいないかもしれない」

陛下が肩をすくめる。

「鍵の悪魔とは、一体なんなのでしょうか」

師匠がそう問うた。

「分からない。だが、我々にとって敵であることは間違いない。黒幕であるルークがどうなったか分からない以上、なんとも言えないが、生きていると仮定して対策するしかない。当然、君たちにも協力してもらう」

「協力、ですか?」

「ま、そんな話はまた今度! 内緒話はこれぐらいにしておこう」

陛下がそう言った途端――馬車が止まった。

いつの間にか、馬車は皇宮に辿り着いていたようだ。

馬車を降り、私はてっぺんが見えない白亜の塔を見上げた。これ全てが皇宮という事実に眩暈《めまい》がする。

「先代がこの塔を建てたのは、きっと地下の迷宮に対する恐れゆえかもしれないね。僕はそんな気がする」

陛下が誰に聞かれたわけでもないのに、私の横に並んでそう呟《つぶや》いた。

「さあ、行こう。みんな待っているよ」

「みんな、ですか?」

「その通り。君のよく知る者たちさ」

それから私たちは陛下に案内されるがままに、皇宮の中へと入り、広間へと通された。

「凄《すご》い……」

そこは、この世の全ての贅沢《ぜいたく》が詰め込まれていると錯覚しそうなほどに、豪華な空間だった。

宮廷楽師が奏でる音が、数々の高級料理の匂《にお》いが、最高級品種のワインの弾《はじ》ける香りが、その空間には満ちていた。

既にたくさんのお客さんが集まっていて各々が談笑していたが、私たちが入ると、全員が沈黙する。

次の瞬間、万雷の拍手が沸き起こった。それが、陛下ではなく私たちへと向けられたものだと、しばらく気付かなかった。

その中に見知った顔がいくつかあった。ラギオさんとメラルダさんもいる。イエラさんとガルドさん、それにガーランドさん。見れば、レオンさんもいた。

陛下が私たちを連れて広間の奥にある壇上へと上がり、声を張り上げた。

「今日の主賓を紹介しよう！　一流の錬金術師でありながら優れた後進を育成した実績を持ち、鍵の悪魔の暗躍をいち早く突き止め、未然に防いだ英雄――ジオ・ケーリュイオンだ！」

「いや、俺は……」

師匠が過大な評価だとばかりに遠慮するが、陛下は言葉を止めない。

「そして――鍵の悪魔を一体討伐し、かつ先日結ばれた獣人連合国との和平において多大な尽力を尽くした、エリス・メギストス！　彼女は〝刃の狩人〟事件をきっかけに、迷宮における新たな安全保障となりえる、獣人と冒険者混合の新部隊――〝狼《オオカミ》の盾〟の発案者でもあるのは、周知の事実だろう！」

驚く私の視線の先に、嬉《うれ》しそうに笑うガルドさんとガーランドさんがいた。なるほど、救助隊が正式に認められたんだ！

「さらに――〝狼の盾〟の活動に必要不可欠な様々な道具やポーションを生み出した、この類い希《まれ》なる才能を持つ二人の錬金術師を、私は宮廷錬金術師に認定する」

会場がどよめく。

「きゅ、宮廷錬金術師だと？」

師匠が驚きを通り越して顔が真っ白になっているので、思わず小声で聞いてしまう。

「それって凄いんですか？」

「当たり前だ！　宮廷錬金術師に認定された錬金術師は、帝国の歴史上でもまだ三人しかいないんだぞ？」

「その四人目、五人目が君たちだよ」

陛下が嬉しそうにそう答えてくれた。

「ともなってエリス工房は、宮廷御用達錬金工房として認定。今後も私、ひいては帝国のために色々と協力してほしい」

「こ、光栄であります！」

師匠がそう答え、私も慌てて頭を下げた。

断れるはずもなかった。

「さあ、今日は存分に飲み、楽しんでくれ！」

陛下の言葉とともに、祝宴がはじまった。

私と師匠は色んな人に引っ張りだこで、心休まる暇は一切なかった。

もはや誰と会ったかもさだかではなく、明日会っても顔を覚えている自信すらない。

「つ、疲れた!」

ようやく一段落して、私は逃げるように人のいないテラス席へと逃げ込む。

「俺は絶対に貴族にはなれないと今日、確信した。半分も名前と顔が一致しない」

隣で師匠が疲れきった顔をしていた。

そんなお互いを見て、私たちはここに来て初めて笑ったのだった。

「あはは、エリス、死にそうな顔をしているぞ」

「そういう師匠だって、迷宮で助けた時よりも辛《つら》そうな顔をしていますよ」

「ほっとけ。しかし、凄いことになったな。我ながら他人事《ひとごと》のようだが」

「実感ないですねえ。宮廷錬金術師と言ってもなあ」

「陛下に無茶言われることが増えるだけだと思うぞ。名誉なことではあるが」

「ふふふ、それは確かに」

テラス席に吹く夜風が、火照った体に心地良かった。私はテラス席から帝都の夜景の一方向を見つめながら、その視線の先にある小さなお店に想《おも》いを馳せていた。

「ねえ師匠。お腹《なか》空きません?」

「言われたら急に腹が減ったな。なんか取ってくるか?」

「うーん。それよりも師匠、前の続きやりません。なんだか、あの時から私たちって、前に進んでいない気がしてて」

私がそう言って師匠の方へと向き、笑顔を向けた。

「前の続き、か。そうだな。それがいいかもしれない」

「ふふふ、私は豪華絢爛《ごうかけんらん》な宮廷料理よりも、素朴で美味《おい》しいあのお店の料理の方が今は食べたい気分なんです」

「……なるほど。じゃあ、さっさとこんなところから抜け出すか」

師匠が悪戯《いたずら》っぽい笑みを浮かべる。

「はい！」

私は慣れないヒールからいつもの靴へと履《は》き替えると、師匠の手を取って、会場から飛び出したのだった。

まさか、それを誰かに見られているとも知らずに。

＊＊＊

「やっぱりここが一番落ち着きますね」

会場を抜け出して、いつもの〝跳《は》ねる子狐亭《こぎつねてい》〟へとやってきた私と師匠は、発泡ワインで乾杯した。

それから、私が無言で待っていると、師匠がガリガリと頭を掻《か》いたあとに頭を下げた。

「エリス。なんていうか、色々すまなかった。俺が間違っていたんだ。マリアのことも全部話すべきだった。なのに俺は独りで……全部背負い込もうとしていた」

師匠が頭を上げる。その顔には覚悟が見て取れた。

「俺は師匠失格だ。迷惑をかけたうえに、助けられてしまった。もうエリスは立派な錬金術師だ。俺が保証する。錬金術師の資格だって今頃《いまごろ》、錬金局が慌てて用意しているはずだ。もう、俺は必要ない。あの工房もエリスに譲るつもりだ」

師匠がそう言いながら、工房の鍵を取り出し、テーブルの上へと置いた。師匠は本気で出ていくつもりらしい。

「それで師匠は今後どうするつもりですか」

「……わからん」

ですよねえ。というか、なんで私が師匠を追い出すみたいな話になっているのか。

「はあ。もう。師匠にはまだまだ色々と教えてほしいことがあります。宮廷錬金術師なんて凄いものになったけども、まだまだ新米錬金術師であることにかわりはないんですから。今放り出されても困りますよ。ちゃんと責任取って、しっかり導いてください」

「でも、俺は」

「今日は師匠の奢《おご》りですよ。それで許してあげます」

「そんなことでいいのか？」

師匠が申し訳なそうな顔でそう聞いてくるので、私は笑みを浮かべる。

「言っときますけど、今日の私は腹ぺこな上に、とてつもなく飲みたい気分なんです」

私がそう言うと、師匠が微笑《ほほえ》む。

「そりゃあ奇遇だ。実は俺もそうなんだ。よし、今日は好きなだけ食べて飲もう。明日なんて知るか！」

「その意気です！」

それから私たちの、あの祝宴と比べればささやかだけど、私たちにとっては最高な夜が始まった。のはずだったのに。

「普通、主賓が抜け出す？」

「まあエリスたちらしいと言えばらしいが」

そんな言葉とともに、店に入ってきたのは——メラルダさんとラギオさんだった。

「俺たちを差し置いて宴会とは水くさいな！」

「その通りだ」

続いて入ってきたのは、ガーランドさんとガルドさん。それに部下の獣人たち。彼らはもはやこの帝都でも、耳や尻尾《しっぽ》を隠していない。

「一応、二人の邪魔をするな、と止めたのですが……」

なんて言いながらも、ちゃっかり私の隣の席へと座るイエラさん。

「どうせジオの奢りなんだろ？　だったら飲まない手はない」

最後にレオンさんが入ってきた。

もはや店は私たちだけで満席になっていた。

「ええい、今日は貸し切りだ！」

師匠がそう叫び、歓声が上がる。

それから始まったのは、本当に楽しいひとときだった。

皆が騒ぎ、飲んだ。

私は飲み過ぎたせいか途中で寝てしまって、気付けば師匠の背中の上で揺られていた。

夜の街を歩く師匠の背中の上は、なぜだかとっても心地良かった。

「みんなは？」

「まだ飲み足りないって飲みに出掛けたよ。冒険者ってやつは皆酒飲みだからな」

「そうですか」

「どうした？」

「なんだかちょっとだけ寂《さび》しくて。でも、師匠と二人も悪くないかなあって」

「なんだそれ」

師匠が笑いながら、ゆっくりと歩いていく。

「エリス、ありがとうな。俺はエリスに出会えて本当によかった」

「どういたしまして。でもお礼を言いたいのは私です。師匠、私を錬金術師にしてくれてありがとうございました。おかげで、父にも会えました」

望んだ形ではなかったし、あれが本当に父だったかどうかは分からない。

でも、吹っ切れたのは確かだ。

「私、迷宮についてもっと知りたいと思いました。精霊についても、もっと。だから錬金術師として一生懸命頑張ろうと思います。だから――今後もよろしくお願いしますね、師匠」

「ふがいない師匠だが。こちらこそよろしく頼むよ」

「えへへ」

なぜか分からないけど、嬉しい気持ちが込み上がってきて、私は思わず師匠の背中へと顔を埋めた。

「今日はもう寝よう。ほら、見えてきた」

師匠がそう言って指さした先。

そこには、小さい工房があった。

私と師匠の錬金工房。

だから私はこう小さく呟《つぶや》いたのだった――ただいま、と。

エピローグ　新たな依頼

それから私たちはようやく日常を取り戻した。

毎日工房を開き、やってくるお客さんの対応をして、ポーション類や魔導具を生産する。それをこなしながら、新しい道具を開発するべく色々と実験をした。

宮廷錬金術師になったという自覚はないけれども、師匠曰く、色んな融通が利《き》くようになって、素材調達が格段に楽になったらしい。

「ねえねえクイナ。あの姿には今はなれないの？」

休憩時間に、私は肩に乗るクイナへとそう話し掛けた。

「きゅー」

「そっかー」

そう上手《うま》くいつでも使えるものではないらしい。でも、クイナがあんなカッコいい姿だったのは驚いた。

「いつか、精霊界に行ってみたいなあ」

母が生きているという話が本当かは分からない。でも、もし私に精霊の血が流れているなら、やはり精霊界は気になってしまう。もちろん、鍵《かぎ》の悪魔のやり方は認めないけども。

「エリスの父の話が本当なら、迷宮《メイズ》そのものが精霊界ということになる。冒険者の魂なんて使わずとも、行き来できる方法があるかもしれない。エリスの母がそうしたように」

そう師匠が言ってくれた。

「そうですね。錬金術師としての、精霊召喚師としての目標にでもしておきます」

「なかなか道は遠そうだな」

「一歩一歩歩くだけです。これまでと同じように」

「にしては一歩がデカいけどな。どこの世界に、錬金術師になってたった一年で宮廷錬金術師になる奴《やつ》がいる」

「運が良かったんですよ」

「それも実力だよ。さ、もう一仕事しようか」

師匠の言葉で私たちは作業を再開した。それから工房を閉めて、後片付けをしていると——工房の扉が開く音が響いた。

「やあやあ、久しぶり！」

「げっ」

師匠がその来客の顔を見て、引き攣《つ》った笑みを浮かべた。

「あ、皇帝様に向かってそんな顔をするかなあ？　不敬罪だよ？」

そう言って笑ったのは、眼鏡《めがね》を掛けて変装している皇帝陛下だった。

「これは失礼しました」

師匠が謝りながら、陛下をカウンターへと案内する。

「僕のパーティー、そんなに嫌だった？　主賓もメインゲストもみんな途中で抜けるし、僕寂《さび》しかったよ？　というか普通、僕も誘うよね？」

私たちがあの祝宴を抜け出したことにどうやら皇帝陛下はご立腹のようだ。怒っているというか、もはや拗《す》ねているようにも見える。

「ああ、いやあれは彼らが勝手に抜け出したことで……」

「僕も当然行こうと思ったら、メイドに止められてさ。あんたまでいなくなってどうすると言われてしぶしぶ、いやいやいや留まったのさ」

「あはは……なんかすみません」

私が謝ると気にするなとばかりに、陛下が笑った。

「まあ、過ぎたことはどうでもいい。それよりもこれからの話をしよう」

「はあ」

「嫌な予感がする」

師匠が露骨に嫌そうなのを顔に出すので、陛下が苦笑する。

「言う前からそんな嫌がらないでよ」

「それで、なんでしょうか？」

「色々と話すべきことがあるけど、まずは多分エリスちゃんたちが一番気になっている点から」

そう言って、陛下が取り出したのは紙の束《たば》だった。

「あれから、本格的に迷宮を調査してね。色々と新たに分かったことがある。あるいは、分からなくなったこともね」

師匠がそれに目を通している間に、陛下がその内容を簡潔に教えてくれた。

「まず深層と呼ばれる、第三層、第四層の調査を僕主導の下、本格的に開始した。その第四層に、エリスちゃんの供述にあったらしき場所を発見した」

「あの祭壇ですか？」

「完全に崩れていたけどね。あの祭壇があった場所は、とある魔術師の宮殿内部にあったんだよ」

「とある魔術師……」

「驚いたさ。伝説と言われた、魔術師の宮殿がまさか深層にあるなんて。宮殿からは貴重な記録や文書が発見されて、学者たちは歓喜していたよ」

魔術師。きっとそれはあの賢者のことだろう。

「魔術師の名は、〝ラース〟。賢者、とも呼ばれた伝説の魔術師だ。その生涯はお伽噺《とぎばなし》にもなっているが、その最期については諸説ある。だが、分かったことは、間違いなくラースは迷宮誕生に関《かか》わっている。君の父の、迷宮は精霊界の一部であるという証言も真実味を帯び始めた」

「そう……ですか」

「だが残念ながら、君の父とルークの死体は確認できなかったよ。生きているかもしれないし、死んで塵《ちり》となったのかもしれない。まだ生きている、と仮定しているけどね」

「鍵の悪魔は間違いなく、敵だしな」

師匠の言葉に、陛下が頷《うなず》く。

「少なくとも、生きていれば今後も何かしてくる可能性はある。だが表層に関しては〝狼の盾〟のおかげで、かなり冒険者の死者数が減った。これは素晴らしいことだよ」

ガーランドさんやガルドさんたちが頑張っているおかげだ。まるで自分のことのように誇らしかった。

「これも全部エリスちゃんたちのおかげさ。感謝している」

「いえ！　私は思い付いただけですから」

「それが普通の人にはできないし、実現させるだけの力もない。どちらもある君は素晴らしい」

「ありがとうございます」

私は素直に称賛を受けとっておくことにした。

「そんな感じで、迷宮誕生の解明に一歩近づいたのは確かだ。今後の課題はいかに迷宮を安全に資源として使っていくか、というところだね。そのためにも色々と手伝ってもらうことになる」

「お手伝い、ですか」

「そう。まあすぐにどうのって話はないんだけどね。いや、あるにはあるか」

陛下がそう言って、なぜか師匠の方へと視線を向けた。

「俺《おれ》ですか？」

「ジオは聞いた話によると、我が国にある帝立魔術学園の講師を目指していたんだろ？」

陛下の言葉に、私は驚く。そんな話を聞いたのは初めてだった。

「……昔の話です」

「その気持ちは今もあるかい？」

陛下の言葉に、師匠が首を横に振った。

「今は、一人の弟子を教えるだけで精いっぱいですよ」

「そうかそうか。ならその弟子も一緒に行けば、全部解決だね」

「へ？」

「はい？」

何か、私たちの知らないところで話が進んでいる気がする。

「いやね、さっきの深層の調査の話でね。いくつか興味深い品を持ち帰ってきたんだけど、その調査を魔術学園に依頼しているんだ」

「はあ」

「ところが、どうにも魔術学園内部で、それを巡ってきな臭い動きがあるらしくて」

「きな臭い動き、ですか？」

私がそう聞くと、陛下が真面目《まじめ》な顔でそれを肯定する。

「怪しげな実験が行われたとも聞く。だが、あの学園は閉鎖的でね、外部からだと僕ですら真実に届かない。これは僕の勘だけども、鍵の悪魔かあるいは違う勢力が良からぬことを企《たくら》んでいる気がするんだ」

「……まさか陛下。その動きを狙《ねら》って、わざわざそんな危ない品を持ち帰ったのでは？　まだ見ぬ敵をあぶり出すために」

師匠の指摘に陛下は答えない。それはつまり、そうだと言っているのと一緒だった。

「ここで、話が戻るわけだ。宮廷錬金術師として、是非ジオには魔術学園に錬金科の臨時講師として赴いてほしいんだ。ついでに内部で何が起きているかを調べてほしい」

「いや、だが俺は」

師匠が私へと視線を向けた。

「ああ、もちろん、エリスちゃんにも魔術学園に行ってもらうよ。さすがに講師役は難しいだろうから、生徒としてね。それならいいだろう？」

「私もですか？」

「無茶だ」

私たちの反応を面白《おもしろ》がるように見つめる陛下。

「これは宮廷錬金術師である二人への依頼だ。もちろん報酬は出すし、何より、エリスちゃんにとってはいい機会じゃないかい？　錬金術はもとより、魔術や精霊についてもっと学べる場所だ」

「それは」

「断ることはできなさそうですね……それでいつからですか」

師匠が諦《あきら》めた様子でそう聞くと、陛下がニコリと笑って答えた。

「すぐにでも、と言いたいところだけど、しばらくここは閉めることになるだろうし、その準備があるだろ？　それができ次第で構わない」

陛下の言葉に、私も師匠もため息をつくしかない。そもそも断るなんて選択肢はないのだから。

「……分かりましたよ。でも身の危険を感じたらすぐに撤収しますよ」

「もちろんだとも」

「魔術学園か……」

学校に通うことに、憧《あこが》れがないと言ったら嘘《うそ》になる。私が生まれ育った村は子どもの数も少ないので、どうしても学校という感じではなかった。

「というわけで、よろしくね！　二人には期待しているよ！」

そんな言葉を残して、陛下は去っていったのだった。

「……やれやれ。いつか来ると思ったが、思ったよりずっと早く、そして無茶な依頼だ」

「魔術学園への潜入調査。なんだかワクワクしません？」

私がそう言うと、師匠が力なく首を横に振った。

「ヤバそうな事件が起きていなければな」

「まあなんとかなりますって。迷宮に潜ってどうのよりは安全でしょうし」

「そうだといいがな。知ってるか、エリス。かの魔術学園は毎年数名の行方《ゆくえ》不明者を出している」

「へ？」

行方不明者？　それはなんというか……あまり穏やかな話ではない。

「魔術の発展のためなら、犠牲を厭《いと》わないようなおかしな連中がいる場所だ。魔物よりも厄介だぞ」

「あはは……まあ師匠が頑張ってくれたら、きっと大丈夫ですよ。私は、ほら、あくまで生徒として学びにいくだけなので」

「絶対に、エリスも巻き込まれるぞ」

「……ですよねえ」

ワクワクしていた気分を返して！

「いずれにせよ、行くしかない以上は、しっかり準備して臨むしかない。早速ポーション類の作り置きをするぞ」

「はい！」

こうして――私と師匠は宮廷錬金術師として、皇帝陛下から受けた新たな依頼をこなすべく準備し、帝都郊外にある魔術学園へと潜入することとなった。

まだまだ、私と師匠に平穏は訪れそうにない。

それでも。

師匠と一緒ならなんとかなる。

私には不思議とそう思えたのだった。

あとがき

初めまして、の方はいないでしょうが……どうも、著者の虎戸リアです。

まずはいつものごとく、数ある小説の中から本書を手に取っていただいたことに感謝を。

本作は【エリス、精霊に祝福された錬金術師　チート級アイテムでお店経営も冒険も順調です！】の二巻ということで、更なるエリスとジオの活躍を書かせていただきました。

ジオの過去。エリスの秘密、迷宮《メイズ》の謎《なぞ》、そして父親との再会。そういったあれこれを入れた二巻はいかがだったでしょうか？　一巻の段階から色々仕込んでいたことを書くことができて、作者としてはかなり楽しかったです。

特に新キャラの皇帝陛下はとにかく書いていて愉快なキャラでした。最初はどう話を動かそうかと色々悩んでいたのですが、彼が出てきた途端にどんどん話ができていき、話がすっぽりと想定していた形に収まった時の喜びはなかなか味わえません。

また少し短いですが、このあとにある番外編も実はかなり気に入っています。私、ランプが好きで集めたい気持ちがあるのですが、家に置き場がないので、泣く泣く色んなお店にあるランプを見つめるのが趣味となっています。そんなランプ愛を少しだけ入れつつ、ジオとエリスが出会う前日譚を描きました。番外編を読んだあとは、是非とも一巻での二人の出会いのシーンを読み返してみてください。ああ、こういうことか！　と思っていただけたら、作者冥利《みょうり》につきます。

さて、エリスたちの話は一旦《いったん》ここで終わりですが、エリスとジオの物語はきっと続いていくのでしょう。さらにコミカライズ版も順調に進んでいまして、原作者特権として先に見せてもらっています！　素晴らしい出来になっているので是非ともコミカライズ版を楽しんでいただければと思っております。

そんなこんなであとがき恒例の謝辞を。

今作をＷＥＢ版から応援してくださった読者の皆さま、書籍化しませんかと声を掛けていただき、書籍発売まで厚くサポートしていただいたＧＡ文庫編集部の中島様、素晴らしいイラストを描いていただいた、れんた様など、様々な人のお力をお借りして、こうして素晴らしい書籍に仕上がりました。関《かか》わっていただいた全《すべ》ての皆さまに最大の感謝を述べたいと思います。

それではまたどこかで。

令和五年四月

虎戸リア

番外編　飲んだくれと精霊の光

それは、ジオがエリスと出会う前の日のことだった。

帝都の中でも、飲食店が多く集まる界隈の片隅。そこに、その小さな酒場はあった。そこはいくつか置かれたランプだけが光源となっている、薄暗く、カウンター席だけはある狭い店だった。

〝天使のぼったくり亭〟という名のその酒場は、ジオのいきつけの店だった。

「ジオさん、飲み過ぎですよ」

そう呆《あき》れた声を出したのは、カウンターに立っている、薄い緑色の髪と涼しげな目元が特徴的な青年だった。エプロン姿が妙に様になっているが、その背後には様々な色のボトルが並べてある。

「うるせえぞイース……金払ってるんだから、好きなだけ飲ませろ」

蒼炎酒《そうえんしゅ》と呼ばれる度数の高い蒸留酒を飲みながら、既に酔いがかなり回っているジオがその店の店主である緑髪の青年――イースを睨《にら》み付《つ》けた。

「……マリアさんがいなくなってから、ずっとそんな調子じゃないですか。工房、いつ再開するんですか？」

「うるせえな。お前は俺《おれ》の母親か」

カウンターに突っ伏したジオが酩酊したまま、カウンターの上に置かれているランプを見つめる。

そのランプシェードには、ステンドガラスで不思議な絵が描かれていた。それは一人の青年が、何かの光に導かれ、動物を従える女神に出会うというストーリーに見えて、神話か何かだろうか？と一瞬考えてしまうも、どうでもいいことに気付き、ジオが目を閉じた。

「寝ないでくださいよ。こないだも、閉店しても全然起きないから大変だったんですよ」

「そいつは悪かったな。ちょっと疲れただけで、今日は寝ない」

ジオがそう言うと、イースがため息をついた。

ジオとその姉であるマリアはかつてこの店の常連だった。

いきつけの料理店である〝跳《は》ねる子狐亭《こぎつねてい》〟にいったあとはいつもこの店に来て、さらに酒を飲むのが二人の流儀であった。だが姉のマリアの失踪後は、こうしてジオは時々一人でやってきては、記憶がなくなるまで飲んだ。

迷惑ではないと言えば嘘《うそ》になるが、それでも事情が事情なだけに、イースも邪険にはできなかった。

「そんな調子で飲んでたら、体壊しますよ」

「壊れたところで構いやしねえよ」

「はあ……もう。ジオさんのそういうカッコ悪いところ、僕あんまり見たくないんですよ。もっとしっかりしてください」

イースがそう思わず本音を零《こぼ》してしまう。元々錬金術師を目指していたが挫折し、しがない酒場店主となった彼にとって、マリアとジオは憧《あこが》れの存在だった。しかしマリアは失踪し、ジオは落ちぶれてしまった。

そんな現状を一番見たくないのは、ジオ本人よりイースかもしれない。

「俺はもともとカッコ悪いだろうが。マリアは男よりも男らしいからな。あいつがいなくなった途端、それまで仲よくやってた連中はみんな疎遠になりやがった。結局俺は……マリアのオマケでしかなかったたってことだ」

ジオがそう吐き捨てたのを聞いて、イースが今日、何度目か分からないため息をつく。

「そうやって拗《す》ねているからでしょ。それに疎遠になったたって言いますけど、そっちから距離を離したんじゃないですか？　マリアさんがいないと、何もできないかもしれないって思われるのが怖くて」

そんな指摘を受けてジオが、ゴン、と額をカウンターへとぶつけた。

「痛いとこ突くなよ……」

「自覚あるんだったら、さっさと錬金術師の仕事に復帰してくださいよ。一人だと大変だろうから誰《だれ》か弟子でも取って――」

そうイースが言うも、ジオが首を振って否定する。

「俺なんかに弟子入りする奴《やつ》がいるかよ……それにマリアならともかく俺は師匠なんてガラじゃねえ」

「そうですか？　ジオさん、教えるの上手だし、それに講師志望なんでしょ？」

イースが、昔マリアが酔っていた時に話していたことを思い出しながらそう問うた。確か、あの時ジオは恥ずかしそうにしながらも、それを肯定したことをよく覚えている。

「昔の話だよ、それは。おかわり」

ジオが蒼炎酒を飲み干して、グラスをイースへと差し出す。

「もう今日は店じまいです。水飲んでください」

イースが水をそのグラスへと注《そそ》いだ。

「ちっ……つまらねえ」

その水をグイッと飲んで、ジオが再びカウンターへと突っ伏した。その視線が、再びランプシェードへと向けられる。

「なあイース」

「なんですか。もうお酒は出しませんよ」

「分かってるよ。このランプシェードの絵、なんか妙に気になってな」

ジオの視線の先を見て、イースが目を細めた。

「あはは、さすがジオさん。なかなかにお目が高い。それは迷宮《メイズ》からの発掘品をわざわざランプシェードに加工したものなんです」

「へえ」

「数年ほど前に、とある精霊召喚師の冒険者が見付けてきたとか。それを僕の知り合いのランプ職人がその冒険者に頼まれて作品に仕上げたんですよ。そのランプ職人が言うには、その精霊召喚師はまるで自分のことが描かれているようだから気になって迷宮から持って帰ってきたそうで」

「自分のこと？」

「ええ。なんでもその精霊召喚師も、光に導かれた先で精霊を従えた美しい女性と出会ったそうです。で、その女性と結婚して、とても可愛《かわい》い娘さんが生まれたそうです」

「はん、嘘《うそ》くさい話だな」

ジオがそう鼻で笑う。

「ま、ほんとか嘘かはともかく、そのランプをその娘さんへのプレゼントにしたかったそうですよ」

「なんでそれがここにあるんだ？」

「……その依頼主である精霊召喚師が死んでしまったからです。だからせめて供養にと、ここで使ってほしいと言われ、置いているんです」

それを聞いて、ジオが目を瞑《つむ》った。

この帝都において、冒険者の死はありふれた話題だった。

「よくある話だ」

「ですね。だから冒険者なんて、なるもんじゃないですよ」

「それだけは同意する」

錬金術師でありながら、冒険者でもあった姉を亡くしたジオの言葉は重い。

「さ、もう店を閉めますよ」

イースが会計をしようとすると、ジオが口を開いた。

「もうちょっとだけ飲ませてくれ。その冒険者への手向《たむ》けだよ」

「……理由つけて飲みたいだけじゃないですか」

「そうだけど、そうじゃない。なんでか知らんが、そうしなきゃいけない気がしてな」

「はあ……じゃあ最後の一杯ですよ」

イースが諦《あきら》めて、ジオのグラスへと蒼炎酒を注ぐ。青い透明な液体がランプの光を受けて、キラキラと煌《きら》めいていた。

「その冒険者と、娘に」

ジオがそんな言葉とともに、酒を飲み干した。

喉《のど》を液体状の炎が通り過ぎ、頭に酔いが巡る。

なぜか急にクラクラする感覚に襲われて、慌てて財布を取り出した。

「……帰る」

「帰れます？」

「大丈夫」

「ほんとかなあ……」

ジオが会計を済ませると、ふらつきながら立ち上がった。

すると、ランプシェードから小さな光がフワフワと飛び出してきたように見えた。

「あん？」

「どうしました？」

イースがその光に気付いた様子はなく、ジオは酔いすぎたかと少し反省する。

「なんでもない……じゃあな」

ジオが店から出ようとすると、なぜかその小さな光がゆっくりと扉へと向かっていった。

まるで──導くかのように。

「おいおい……」

さすがに幻覚を見るほどに酔ったのは初めての経験だった。しかし酔いの回った頭では冷静に判断できず、ジオはその光を追ってしまう。

光が帝都の夜の街をゆっくりと、千鳥足のジオでも追い付けるような速度で進んでいく。

「どこに連れていく気だよ。あはは！　まるであのランプシェードみたいじゃないか！」

なぜか妙に愉快な気持ちになってジオが笑い出す。

それからどこをどう歩いたかは、覚えていない。

深夜までやっている酒場の露店で小さな酒瓶《びん》に入った軽めの発泡酒を買って、光に導かれるように、フラフラと歩き回った。

「あはは……それで美人な女神様はいつ現れるんだ？」

ついに酔いが限界まで回ってきたジオが、揺らめく景色の中、とある路地で立ち止まった。

まともに思考も回らず、ジオは路地の壁へと背を預け、そのまま地面へと座ってしまう。

気付けば、あの光はもう消えていた。

「ここが終着点かよ……あはは、こんな路地裏に女神はいねえよなあ」

ジオがそう自嘲気味に呟《つぶや》いて、上を見上げた。

切り取られた夜空には、綺麗《きれい》な月が浮かんでいる。

「馬鹿馬鹿《ばかばか》しい。全部……」

そんな言葉とともに、ジオは空き瓶を手から滑らせ、そのまま眠りに落ちてしまったのだった。

まさか、次の日に——精霊を従えたとある少女に起こされるとも知らずに。


ジオ自身も〝天使のぼったくり亭〟から出たあとの記憶は曖昧だったという。

だけども、確かなことは一つ。その光に導かれたおかげで彼はエリスと出会えたということ。

もしその話を覚えていて、ジオがその話をエリスにしていたら、きっとエリスは驚きながらも笑顔でこんなことを教えていたかもしれない。

「知っていますか、師匠。運命を司《つかさど》る精霊は、小さな光の姿をしていて——ランプに好んで住み着くんですよ」

GAノベル

エリス、精霊に祝福された錬金術師 2
チート級アイテムでお店経営も冒険も順調です！

2023年6月30日　初版第一刷発行

著者　虎戸リア

発行人　小川 淳

発行所　SBクリエイティブ株式会社
〒106-0032　東京都港区六本木2-4-5
03-5549-1201　03-5549-1167（編集

装丁　しおざわりな（ムシカゴグラフィクス）

印刷・製本　中央精版印刷株式会社

ISBN978-4-8156-1804-9
Printed in Japan

ファンレター、作品のご感想をお待ちしております。
〒106-0032　東京都港区六本木 2-4-5
SBクリエイティブ株式会社
GA文庫編集部 気付

「虎戸リア先生」係
「れんた先生」係

本書に関するご意見・ご感想は
下のQRコードよりお寄せください。
※アクセスの際に発生する通信費等はご負担ください。

https://ga.sbcr.jp/

第16回
GA文庫大賞
GA文庫では10代～20代のライトノベル読者に向けた
魅力溢れるエンターテインメント作品を募集します！
物語が、華ひらく。
イラスト／風花風花
大賞賞金300万円＋コミカライズ確約！
◆募集内容◆
広義のエンターテインメント小説（ファンタジー、ラブコメ、学園など）で、日本語で書かれた未発表のオリジナル作品を募集します。希望者全員に評価シートを送付します。
※入賞作は当社にて刊行いたします　詳しくは募集要項をご確認下さい
リニューアルで選考課程を一新!!!
応募の詳細はGA文庫公式ホームページにて
https://ga.sbcr.jp/